KB022313

일상의 빈칸

당신의 생활 속에 반짝이는 크리에이티브 조각들

일상의 빈칸

최장순

더퀘스트

차례

빈칸을 채우며

일상이라는 단어만큼 지루하지만, 소중한 단어가 또 있을까? 하지만 우리는 종종 저 멀리 있는 이상만을 생각하며 일상을 보잘것없는 것으로 치부하곤 한다.

거리의 간판, 카페 인테리어, 길거리에 뿌려진 명함들, 전봇대 스티커 디자인, 아이들이 열광하는 캐릭터, PC방, 철물점, 인쇄소, 그리고 그 흔한 초코파이에 이르기까지 일상을 좀 더 진지하게 들여다보면, 무궁무진한 '빈칸'이 발견된다. 그 빈칸에 새로운 의미를 채워 넣게 되면, 일상은 새로운 세상으로 거듭난다.

일상은 우리가 살아가는 가장 기본적인 터전이다. 그 터전에 익숙해질수록, 우린 권태에 빠진다. 권태감은 매우 중독적이다. 쉽게 헤어나오기 어렵다. 권태에서 벗어나 일상을 새롭게 만들기 위한 모든 생각과 행동이, 우리의 생활을 찬란히 빛나게 할 거라 믿는다.

일상을 클래식이 아니라, 재즈처럼 생각해보자. 일상을 자유롭게 바꾸어보자. 찬란한 일상의 변주는 그렇게 시작될 것이다.

이 작은 책 하나로 당신의 일상을 바꿀 수는 없다. 다만, 주변을 다르게 들여다보는 한 개인의 시선을 나누고, 그 이면의 원리나 의미를 조금씩 살펴본다면, 일상을 새롭게 연주할 수 있는 몇 가지 관점을 얻을 수 있다고 믿는다.

베첼리오 티치아노, ⟨시시포스⟩*

* 신화에서 시시포스는 영원히 무거운 바위를 산 정상에 올려야 하는 형벌에 처해졌다.

일상(日常).

날마다 반복되는 생활.

생(生)은 반복을 이루어 일상이 된다.

일상의 반복은

우리를 둔감하게 만든다.

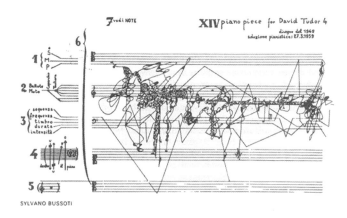

실바노 부소티 : 데이비드 튜더를 위한 피아노 다섯 곡*

* 질 들뢰즈, 펠릭스 가타리, 《천 개의 고원》 중 서문에 등장하는 악보

자기 자리에만 고스란히 앉아
움직이지 않는 둔감한 음표들.

음악의 본질은 둔감한 음표에 있지 않다.

음표와 음표 사이, 빈칸을 메우는
모든 행위와 생각에 진짜 음악이 있다.

우리의 일상도 마찬가지다.

14

'모자'라는 답이나,
'코끼리를 삼킨 보아뱀'이라는 답이나
모두 정해진 답이다.

둔감한 일상이다.

저 그림의 빈칸에 무엇이 보이는가?

이 빈칸을 자기다운 방식으로 채워갈 때
우리의 일상은
비로소 빛나기 시작한다.

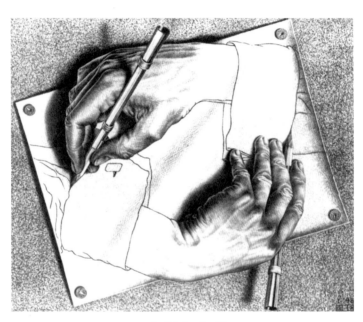

M.C. 에셔, 〈그리는 손〉

일상은 비일상이 되고,
비일상은 새로운 일상이 된다.

그렇게 일상은 새로운 일상의 가능성을
빈칸에 담아둔다.

당신은 일상의 빈칸을

무엇으로 채울 것인가.

거리는 정말 무궁무진한
의미의 스케치북이다.

거리의 빈칸

팬데믹 시기만 제외하고 보면, 거리는 언제나 에너지로 가득 차 있었다. 사람들이 있기 때문이다. 거리는 사람들이 활용하는 방식에 따라 그 정의를 달리한다.

스타일을 뽐내며 허리를 꼿꼿이 편 채 멋지게 걷는 사람들. 나를 봐달라는 듯 멋진 옷과 스타일을 장착하고 목적지가 없는 듯 왔던 곳을 반복해서 서성이기도 한다. 그들에게 거리는 '런웨이'다. 런웨이(Runway)형 사람들은 목적지에 도착해 어디론가 들어가야 비로소 워킹이 마무리된다.

디오게네스(Diogenes)형도 있다. 디오게네스는 거리에서 노숙을 하며 세상에 냉소를 날린 철학자였다. 소원을 들어주겠다며 다가온 알렉산더 대왕에게 "햇빛을 가리니 비키라"라고 말했던 디오게네스. 듣는 이가 없어도 자유롭게 버스킹을 하는 사람, 길 위에서 춤으로 자유와 욕망을 표현하는 사람. 모두가 거리의 '디오게네스'다. 이 땅의 모든 디오게네스들은 거리를 '놀이터'로 생각한다.

부지런히 사진을 찍고 다니는 수집가(Collector)형도 있다. 새로운 가게, 새로운 간판, 새로운 쓰레기통, 새로운 낙서 등을 모조리 스마트폰에 담고 열심히 사진을 분류하는 사람들이다. 스마트폰의 기능을 극대화해서 활용할 줄 아는 사람들일수록 이런 아카이빙에 능하다. 그들에게 거리는 '뚜껑 없는 갤러리'다.

사진을 찍는 아이들 옆으로 운동복을 입고 뛰는 조깅(Jog-ging)형이 있다. 마스크를 쓴 채로 건강 관리에 열심인 사람들. 그들은 거리를 '체육관'으로 활용한다(운동에 게으른 나는 '마스크를 쓰고 뛰면 산소보다 이산화탄소를 더 많이 들이마시게 되어 건강에 되레 해로울 것'이라는 궤변을 생각해 낸다).

나는 이따금 그런 거리의 풍경을 관찰하고 무언가 기록하는 '인류학자(Anthropologist)'를 흉내 내고 있다. 나는 거리를 하나의 '텍스트'이자 '연구 대상'으로 삼는다.

일수대출과 마케팅

빠른 속도로 오토바이를 타고 가는 사람. 한 손으로 명함을 이리저리 날린다. 무협 영화에나 나올 법한 화려한 테크닉으로 수백 통의 명함을 이 동네 저 동네 날리는 남자가 있다. 그렇게 날아 들어온 여러 버전의 광고 명함들이 회사 대문 앞에 쌓여간다.

〈새마을 일수대출〉

〈이모네일수〉

〈일수달돈〉

〈당일대출〉

〈아주머니 일수〉

작은 명함 디자인이라고 우습게 볼 일이 아니다. 카피라이팅을 포함한 마케팅 메시지가 꽤나 정교하다.

'이 대부업체에 카피라이터가 있는 게 아닐까?'
'누가 카피라이팅 알바를 한 걸까?'
'인쇄소에서 그냥 알아서 작업해준 걸까?'

하나하나, 광고 명함에 쓰인 카피는 세일즈 제안을 매우 분명히 드러내고 있다. 명함에 광고 문구를 쓰는 건 결코 녹록지 않은 작업이다. 먼저 지면이 매우 한정돼 있고 이미지도 풍성히 사용할 수 없기 때문에 감성적 호소도 쉽지 않다. 제한된 지면 탓에 보통 거리에 뿌려지는 광고 명함에는 군더더기가 없다. 비즈니스의 목적이 명확하기에, 카피는 매우 간결하다. 거의 매일, 거리에 뿌려지는 명함을 보고 있으면 딱 하나의 메시지만 머리에 남게 된다.

"돈 빌려드릴게. 제발 돈 좀 빌려가세요."

설득을 위한 세부 카피는 보다 노골적이다.

자영업자 99% 대출

직장인대출

업소여성대출

신용불량자가능

제1금융권에서 외면하는 이들에게 은총이라도 베푸는 듯, 호혜적이며 포괄적인 대출을 약속하는 문구들. 마케팅에서는 이러한 개념을 '타겟팅(Targeting)'이라고 한다. 돈을 벌기 위해 누구를 상대해야 하는지 명확한 목표 고객을 정해야 한다는 것이다. 타겟팅이 명확하지 않으면 마케팅이 성공하기 어렵다는 오랜 명제가 있기도 하다. 마케팅의 논리로 보자면, 일수대출 광고 명함에서 타겟팅은 매우 명쾌하다.

카피는 여기서 그치지 않는다. 마케팅의 대상이 분명해졌으니, 대출을 향한 유혹의 메시지가 이어진다.

당일 즉시 대출 가능

간편한 서류

무담보, 무보증

조회기록이 남지 않는 안심대출

이자는 쓴 날까지만 받겠습니다

비밀보장

'은행처럼 서류가 복잡하지 않다고?'

'신용 조회 기록이 안 남는다고?'

'사설 업체에서 대출받으면, 이자를 과하게 부담한다고 하던데, 이자 계산도 합리적으로 한다고?'

'담보도 필요 없다고? 그리고 돈을 바로 받을 수 있다고?'

이런 유의 메시지는 구매 매력을 한껏 올리는 가치를 제안한다.

당일 즉시 대출 가능	→ **'즉각성'의 가치**
간편한 서류	→ **'편의성'의 가치**
무담보, 무보증	→ **'편의성'의 가치**
조회기록이 남지 않는 안심대출	→ **'안심'의 가치**
이자는 쓴 날까지만 받겠습니다	→ **'정직성'이라는 가치**
비밀보장	→ **'안심'의 가치**

이른바 '가치제안(Value Proposition)'이다. 마케팅의 핵심 개념 중 하나다. 어떠한 가치를 제안하느냐에 따라 소비자가 구매를 결정하기도 하고, 단골 고객이 구매를 멈추고 이탈하기도 한다.

대부업체들은 앞다투어 자기 돈을 쓰라고 설득한다. 앞 세 장의 광고 명함 말고도 다른 디자인의 명함도 두 장 더 발견됐다. 총 다섯 곳의 경쟁자가 서로의 금융상품(돈)을 판매하고자 명함 디자인 전쟁을 치루고 있는 것이다. 5:1의 경쟁률을 보이는 이 길거리 대부업 시장 중 승자는 누가 될 것인가. 물론 이 모든 가정은 다섯 장의 명함이 서로 다른 대부업체의 것이라고 전제하고 있다. 하지만, 이 모든 광고 명함이 사실 한 곳의 디자인일 가능성도 배제할 수는 없다. 짜장면 가게, 보험판매회사(GA), 법률센터 형식의 변호사 사무실도 서로 다른 전화 회선을 개설해, 경쟁자인 것처럼 영업해왔으니까.

경쟁이 치열한 시장일수록 남과 다른 지점, 차별화의 지점을 만들어 제시해야 한다. 차별화 포인트가 없다면 문화적 코드, 감성적 세계관을 활용할 수도 있다. '새마을 일수대출'의 브랜드 세계관은 '새마을 운동'이다. '새마을 운동'을 긍정적으로 생각하는 누군가는, 이자율과 기본적인 조건이 비슷하다면 무의식적으로 새마을 일수대출 명함을 집어들 수 있다. '이모네일수'는 여성 캐릭터를 등장시켜 친근한 이미지를 만들고자 했다. 앞 사진에서 유일하게 캐릭터 디자인을 사용한 업체다. '일수달돈'은 '업소여성대출'이라는 타겟팅에 맞게 '핑크' 컬러를 활용했다. 명함 하나를 디자인하더라도 나름의 컨셉과 논리가 있는 것이다.

길거리에 버려진 이런 명함들만 살펴봐도 사람들을 설득하기 위한 여러 장치들을 발견할 수 있다. 거리에 버려진 하찮아 보이는 명함에도 이렇게 많은 노림수가 숨겨져 있다. 컬러, 세계관, 타겟팅, 가치제안, 캐릭터, 이름 등…. 하물며 사람은 어떤가? 우리는 어떤 세계관을 가지고 살아갈 것인가? 우리는 세상에 어떤 가치를 제안할 것인가? 우리 정신의 색상은 무엇인가?

오늘도 거리에서 생각의 실마리들을 얻는다. 거리는 정말 무궁무진한 의미의 스케치북이다.

이제 대출도 레드오션?

대출 명함이 거리에 넘쳐나는 걸 보면 경기가 어렵긴 한 것 같다. '돈 벌 기회는 이때다' 싶어하는 대부업체의 마음도 읽힌다. 서로 다른 종류의 명함이 늘고 있는 걸 보니, 대부업체간의 경쟁도 심화되고 있는 것 같다. 그래서인지 그들의 기획력도 조금씩 날이 서가는 듯. 이 작은 명함 디자인에서도 마케팅 메시지가 점점 진화하고 있다.

나이키 스타일 홍대

나이키 스타일 홍대의 입장 대기줄. 많은 사람들이 캠핑의자까지 동원해 입장을 기다리고 있다. 사진 밖의 사람들까지 합하면 백여 명 정도가 줄지어 있었다. 그들에게 거리는 성물(聖物, 나이키 제품) 알현을 위한 '대기실'이자 득템을 위한 '순례길'이다.

간판의 인류학

간판은 거리의 얼굴이다. 처음 네이밍(Naming) 업무를 맡았을 때, 매일같이 거리의 간판만 쳐다보고 다녔다. 서울 합정역 앞에는 '축지법과 비행술'이라는 재밌는 간판도 있었다. 실제로 축지법과 공중부양을 가르치는 학원이었다고 한다.

거리는 간판을 통해 온갖 나라와 온갖 시대가 공존하는 멀티버스(Multiverse)다. 을지로 이모카세(이모와 오마카세의 합성어로, 이모 마음대로 내주는 특선요리)라 불리는 노포 〈나드리 식품〉, 신촌 〈대전 해장국 전문〉, 공덕 〈원조 마포 껍데기집〉처럼 과거의 감성을 담은 곳부터, 〈101 Market〉, 〈Lush〉, 〈Starbucks〉, 〈McDonald's〉와 같은 글로벌 브랜드에 이르기까지 거리는 간판을 통해 시간과 국경을 초월하게 된다. 누군가를 만날 때 〈스타벅스〉에서 만나서 수다를 떠는 것과,

추억 짙은 남영동 노포 〈상록수〉 고깃집에서 만나 수다를 떠
는 것은 차원이 다른 일이다. 우리는 상대와 함께 '세련된 뉴요
커 스타일'(스타벅스)의 분위기를 느껴볼 수도 있고, 항정살을
씹으며 '함께 지내온 어릴 적의 추억과 *끈끈한 유대관계*'(상록
수)를 환기시킬 수도 있다. 우리는 간판을 해석하며 장소를 선
택한다. 간판을 읽는 것은 어떤 세계, 어떤 일상에 참여할 것
인지 결단하기 위한 실존적 행위다. 지극히 사무적이고 거리
를 두어야 할 사람과는 〈상록수〉에 가기 어려울 것이다. 마찬
가지로, 보다 흐트러진 모습으로 서로의 깊이를 더하고자 한
다면 〈스타벅스〉에만 가진 않을 것이다. 이처럼 간판은 사람
과의 관계를 설정하는 가이드이며, 관계의 무궁무진한 멀티버
스로 가는 패스워드가 되기도 한다.

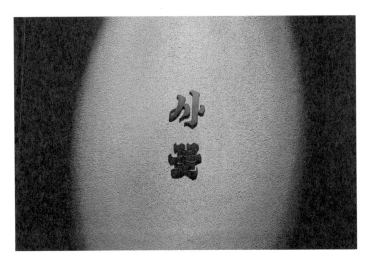

간판은 삶을 대하는 실존적 태도를 드러낸다. 서울 마포구 합정동에 위치한 〈사꽃〉이라는 위스키 바(Bar). 계단을 내려가면 '사는게 꽃같네'라는 네온사인을 볼 수 있다. 가게 주인은 이 한 문장으로, 술을 마셔야 할 이유(사는 게 X같네)와 술을 마신 이후의 행복한 상태(꽃)를 동시에 다룬다. 촌철살인이다. 간결하지만, 모두가 공감할 수 있는 이야기를 간판에 담았다. 김치찌개를 주 메뉴로 하는 〈김씨찌개〉는 주인의 성(姓)이 '김 씨'인가 싶은 간판이다. 그게 사실이라면 이 간판에는 자기 존재감을 드러내고자 하는 주인의 욕망이 담겨 있는 셈이다. 〈돼지연구소〉는 돼지고기 맛과 품질에 대한 셰프의 진지한 태도를 의도한 것처럼 해석할 수도 있겠다.

베트남 호찌민시의 한 위스키바. 〈사상가, 몽상가, 실패자〉라는 간판을 달고 있다.
생각만 많이 하고 몽상에 빠져 인생을 낭비하지 말고 지금을 즐기라고 말한다.

이처럼 거리를 걷다 보면 사람들의 다양한 표정만큼이나 많은 간판과 마주치게 된다. 간판에는 업종과 주요 아이템, 지향 가치, 위상, 소비자 혜택, 업주의 개성, 철학, 세계관 등이 담겨 있다. 그래서 간판은 보는 게 아니라, 읽는 것이다.

간판을 읽다 보면, 크게 네 가지 모습이 보인다.

이상주의자

공리주의자

비평가

쾌락주의자

먼저 이국적인 느낌, 현실과 다른 가치 등을 내세워 더 나은 일상, 비일상적인 느낌을 제공하는 '이상주의자' 유형이 있다.

〈루즈도어(Loose Door)〉는 빡빡한 일상에서 잠시 벗어나 느슨하고 새로운 분위기로 전환할 것을 제안한다. 〈폴트버거(Fault Burger)〉는 잘못과 실수를 저지르더라도 이상을 향해 꾸준히 도전하고 앞서가겠다는 의지를 표현했다. 홍콩 포차의 이국적인 느낌을 구현하여, 일상과 다른 새로운 휴식의 분위기를 연출한 〈한남소관〉도 '이상주의자' 유형에 해당한다.

〈목동찹쌀호떡〉, 〈빵〉, 〈Retro Game〉 같은 간판은 한눈에 바로 무슨 업종인지 확인할 수 있으며, 핵심 아이템과 경쟁력을 파악할 수 있다. 이러한 '공리주의자' 유형은 간판에서 재료, 아이템, 위치, 차별성 등을 직설적으로 표현한다.

간판에서 가격, 품질, 혜택을 강조하는 '비평가' 유형도 있다. 〈맛, 양, 값〉은 '맛 좋고, 양 많고, 값싸고'의 약자로 가성비를 꼼꼼하게 따지는 소비자의 욕구를 여실히 반영했다. 희한하게도 칼국수를 시키면, 스테이크를 공짜로 주는 가게다. 얼마나 빨리 수리해주면 이름을 〈스피드잡스〉라고 했을까? 〈돼지연구소〉는 돼지에 대한 연구, 음식에 대한 퀄리티를 강조한 것처럼 보인다.

마지막으로 '쾌락주의자' 유형의 간판을 볼 수 있다. 간판에서 유머감각, 미학적 태도를 드러낸다.

〈부정부페〉는 '아버지의 정(부정)'과 '뷔페'를 더한 위트 있는 간판이다. 법률사무실이 많은 서초동에 위치한 이 가게는 부정부패와 싸우는 법조인들 사이에 회자될 만한 식당이다. 유머감각은 입소문을 키우고, 더 잘 기억할 수 있도록 돕는다. 〈누데이크(NUDAKE)〉는 설명을 찾아보기 전엔 의미를 알기 어려운 이름이지만, 가독성보다 디자인 감성을 강조했다. 〈나이스웨더(Nice Weather)〉는 문화적 소비를 추구하는 편집샵이다. '날씨 맑음'. 청량하고 행복한 감성을 전한다.

간판은 사람을 닮았다. 우리는 간판을 닮았다. 간판은 거리의 얼굴이다. 우리의 얼굴은 거리의 얼굴을 닮아간다. 우리 주변에는 상품이 편리하지 않으면 절대로 구매하지 않는 실용주의자도 있고, 체리피커*에 비견될 만큼 깐깐하게 가격을 따지고, 저품질에 대해 클레임을 거는 비평가도 있다. 언제나 현실과 거리가 먼 새로운 이상을 꿈꾸는 이상주의자가 있는가 하면, 유머, 디자인, 놀이의 가치를 절대시하는 쾌락주의자도 존재한다.

우리는 이 네 가지 모습을 모두 가지고 있다. 환경문제를 다룰 때는 비평가적 정신을 발휘하다가도, 자동차를 살 때 환경과 무관한 '성공'이라는 이상적 가치로 브랜드를 선택할 수 있다. 반찬을 살 때는 가성비를 따지는 비평가가 되었다가, 친구와

---

* Cherry Picker : 케이크 위의 체리만 쏙 빼먹는 것처럼 상품의 매출에 기여하지 않고서 혜택만을 이용하려는 소비자를 일컫는다.

술을 마실 땐 흥청망청 쓰는 쾌락주의자가 되기도 한다. 사람은 하나의 논리로만 설명되지 않는 복잡한 존재다. 간판에도 여러 얼굴이 있듯, 우리에게도 여러 얼굴이 있다.

PC방 1등 맛집

지방 출장 중, 윈도우 PC를 써야 할 일이 생겨서 PC방을 찾았다. 거의 십수 년 만의 PC방이었다. 그런데 이름이 〈PC토랑〉이란다. "PC방+레스토랑". 이건 무슨 조합인가 했다. PC 성능, 게임 구비상태, 안락의자, 넓고 선명한 모니터, 빠른 속도 등은 기본이고, 온갖 먹음직스러운 메뉴가 장착되어 있는 게 아닌가. '간식' 레벨을 넘어 웬만한 식당보다 맛있는 음식이 즐비했다. 'PC방 선택의 KBF*'는 이제 음식이구나!'

인스타그램 해시태그를 찾아보니, 〈#pc방음식〉은 2,606건,

---

* Key Buying Factor : 핵심구매요인

⟨#pc방맛집⟩은 2,307건이었다(2023년 1월 10일 기준). 왜 이렇게 된 걸까? 좀 더 보다 보니 이유를 알 수 있었다. ⟨#pc방데이트⟩가 무려 3,174건. PC방은 가성비가 중요한 10~20대들의 데이트 장소가 돼버린 것일까. 이런 모든 시대의 흐름을 반영한 ⟨PC토랑⟩이라는 이곳은 자신의 상호 대신 "PC방 1등 맛집"을 간판으로 내걸었다. 매우 합리적인 노림수!

라이더와 크록스

한 프로젝트 때문에 거리에서 라이더를 관찰하던 동료들이 새로운 사실을 발견했다. 라이더 대부분이 크록스를 신고 있었던 것! 여기저기 물어보니, 크록스는 물기가 있는 곳에서도 잘 미끄러지지 않고, 가볍고 편한 데다가, 세척도 편리해서 의사, 라이더들이 선호하는 아이템 중 하나라고 하더라.

코로나 이후, 라이더 없이 살 수 없는 시대다. 하지만, 라이더라는 직업은 사회적 존경을 받지 못하고 있다. 이 인식을 어떻게 바꿀 수 있을까. 무엇보다 "라이더 = 위험천만하게 운전하는 배달원"이라는 인식의 고리를 끊어야 하지 않을까. 딜리버리(Delivery) 비즈니스 구조의 재설계, 일부 라이더의 태도와 행동 변화가 필요하지만, 다른 한 축에서는 라이더와 관련한 이미지 역시 새롭게 디자인해야 할 것 같다.

라이더를 보다 친근한 이미지로 바꾸면 어떨까? 라이더 대부분이 크록스를 신고 다닌다면, 그들에게 어필할 만한 크록스용 지비츠부터 디자인해볼까? 아이디어가 꼬리를 물고 이어진다.

배달과 욕구이론

환경에 대한 미안함은 불편함 앞에서 사라지는 법인지, 오늘도 배달앱을 켜게 된다. 동료들 역시 바쁘다는 핑계로 식사 시간이 되면 으레 배달앱을 켠다. 덕분에 회사 분리수거장은 매주 플라스틱으로 산을 이룬다.

누군가의 편리함은 누군가의 불편함이다. 배달의 맥락에서, 우리의 편리한 삶은 오토바이 라이더(와 4륜 화물차 기사님)의 힘든 노동 덕분이다. 음식을 대신 가져와 주기만 해도 황송한 일인데, 배달이 일상이 되다 보니 사람의 욕망은 점점 커진다. 음식뿐 아니라 책이나 생필품도 배달을 원하게 되고, 점점 더 빨리 받길 원하게 된다.

이제 빠른 배송은 기본 욕구다. 라이더의 본질은 '배달'이 아니라 '속도'가 돼버렸다. 라이더에게 '속도'는 '위험'이다. 오토바이를 목숨 걸고 타야 한다. 물건이나 음식을 빨리 배달해 고객을 만족시키기 위해, 오늘도 위험천만한 라이딩을 감내한다. 과속뿐 아니라 신호위반도 비일비재하다. 누군가의 만족은 누군가의 위험이다. 하지만, 소비자들은 빠른 배송에 대한 욕구를 버리지 않는다.

한 달에 200만 원을 쓰던 사람이 갑자기 100만 원으로 지출을 줄이는 건 정말 어려운 일이다. 욕구는 언제나 그러하다. 욕구는 언제나 더 높은 곳으로 흐른다. 매일같이 새벽배송을 받던 사람에게 '배송은 이틀 뒤'라는 메시지를 보낸다면, 아마 난리가 날 거다. 새벽배송에 익숙해진 우리는 보다 빠른 배송을 기대하게 되고, 이러한 욕구 때문에 1시간 배송이라는 아이디어가 태어났다. 그리고 시간은 점점 단축된다. 욕망의 흐름은 '10분 배송' 서비스로 이어졌다. 욕구는 좀처럼 낮은 곳으로 흐르지 않는다. 특정 단계의 욕구가 충족되는 순간, 다음 단계의 욕구가 시작된다.*

---

* 오른쪽 그림은 시어도어 레빗(Theodore Levitt)의 '제품 수준' 이론을 응용한 것이다. 시어도어 레빗, 《마케팅 상상력》, 21세기북스, 2016. 보통 마케팅에서는 Needs(필요), Desire(욕망/ 욕구), Demand(수요)로 번역을 한다. 이 책에서는 심리학의 맥락에서 Needs를 욕구로 번역한다.

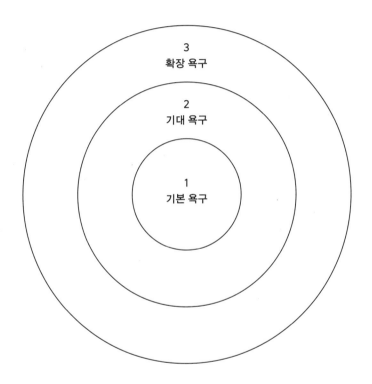

기본 욕구(Basic Needs)는 1차 욕구다. 모두가 기본적으로 기대하는 욕구다. 배송을 생각할 때, 내가 주문한 상품이 안전하게 제대로 배송되길 원하는 '안심 배송'이 이에 해당한다.

기대 욕구(Expected Needs)는 2차 욕구로, 기본 욕구를 넘어 자연스레 기대하게 되는 욕구다. 주문만 하면 제대로 배송된다는 믿음이 있고, 이러한 배송 서비스에 익숙해진 사람은 '빠른 배송', '친절 배송'을 요구할 수 있다.

확장 욕구(Augmented Needs)는 자연스럽게 갖기는 어려운 수준이다. 이 3차 욕구는 자기도 모르는 자신의 욕망이라 할 수 있으며, 대개의 경우 분야별 전문가들이 기획한다. 기업의 경쟁적 차별화를 위해 선제적으로 발굴하여 이에 대응하는 상품과 서비스를 만든다. '럭셔리 배송', '취향 배송' 등의 아이디어는 확장 욕구에 대응한 서비스라 할 수 있다.

'욕구' 하면 빼놓을 수 없는 사람이 있다. 바로 인본주의 심리학의 창시자로 알려진 에이브러햄 해럴드 매슬로(Abraham Harold Maslow)다. 매슬로는 인간의 기본 욕구를 5단계로 나눴다.[*]

---

* (에이브러햄 매슬로, 《동기와 성격》, 연암서가, 2021 참고)

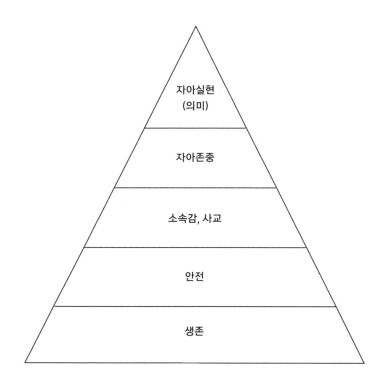

인간의 욕구는 피라미드 하단의 하위 욕구에서 상위 욕구로 올라가며, 위로 올라갈수록 생존에 덜 필수적이다. '먹고사는 문제'에만 천착한다면, 피라미드 하위 욕구만을 강조하게 된다. 매슬로 욕구 5단계 이론을 한 번이라도 배운 사람이라면, 먹고사는 문제부터 해결하고, **〈안전 → 소속감 → 자아존중 → 자아실현〉** 순으로 욕구를 충족시켜야 한다고 기억할 것이다.

대부분은 하위 욕구가 충분히 충족되기 전까지는 상위 욕구를 갖지 말라는 식으로 이해하고 있다. 그래서 누군가 삶의 '의미'와 '철학'을 이야기하면, 너 스스로 '먹고사는 문제'부터 해결하라고 면박을 주기 십상이다. 그러나 가난하지만, 자기만의 철학을 추구하여 마침내 자아를 완성하고 성공한 사람은 어떻게 설명할 수 있을까?

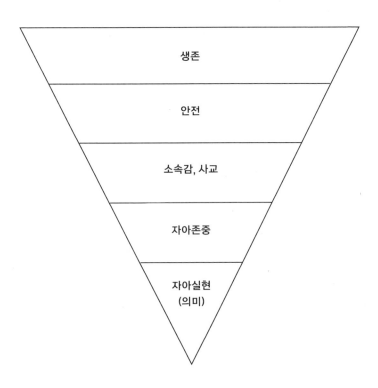

전언에 따르면, 매슬로는 죽기 전 그의 욕구 피라미드를 거꾸로 뒤집어야 한다고 생각했다.* 믿음의 의미가 사라지고, 도덕성이 바닥을 치고, 이기심은 하늘을 찌르며, 자존감은 지속적으로 하락하고, 삶의 목적과 가치가 사라져버린 20세기 자본주의 사회에 대한 통렬한 한탄이었다고 한다. 생각해보면, 인류에 영감과 울림을 준 많은 예술가들과 행동가, 지식인들은 언제나 '의미'가 먼저였고, 먹고사는 문제보다 '자아실현'이 더욱 중시되었던 것 같다.

많은 아이들의 장래 희망이 '건물주' 아니면 '유튜버'라고 한다. 모든 가치 판단이 '돈'으로 결정되는 기성의 사고방식이 아이들의 머리까지 지배하고 있는 것 같다. 지금이야말로 매슬로 피라미드를 뒤집어야 할 시대가 아닐까 조심스레 생각해본다.

---

* Danah Zohar and Ian Marshall, 《Spiritual Capital》, Berrett-Koehler Publishers, 2004, pp.17-19.

어느 가차샵의 '포켓몬빵 재고 있음!'

포켓몬이 부모들을 괴롭히고 있다. 포켓몬빵 성덕이 돼버린 내 아들은 포켓몬빵을 싣고 오는 편의점 물류차 시간까지 외우고 있을 정도다. 포켓몬빵을 구하지 못해 칭얼거리는 아이들을 데리고 다니다 구원의 메시지를 발견했다. '포켓몬빵 재고 있음!' 특이하게도 이곳은 편의점이 아니라, 인형 등 물품 뽑기를 하는 가차샵이었다.

포켓몬빵을 뽑지 못한다 해도, 아이들을 위해 기꺼이 돈 날릴 각오를 하고 가게에 들어갔다. 2만원 날리고 빵 한 개 뽑음. 아이들은 당연히(?) 빵은 안 먹고 스티커만 챙긴다. 뭔가 주객이 전도된 느낌이지만, 웃는 아이들을 보며 나도 웃는다.

장소의 문법대로 바르게 살고 있다면,
한 번쯤은 '비문(非文)'의 일상을
살아보는 건 어떨까.

장소의 빈칸

어떤 일이 일어나는 곳을 '장소'라 한다. 일반적으로 어떤 장소에만 있어야 할 사물이 있고, 어떤 일은 늘 어떤 장소에서만 일어나야 한다. 양치질은 세면장에서 해야 하고, 화장은 화장대 앞에서, 작별 인사는 대문 앞에서 하며, 공부는 책상에 앉아 하는 게 일반적이다. TV는 거실에서 보고, 지하철에서는 뛰면 안 된다. 전자레인지를 공부방 책상 위에 두진 않는다. 일반적으로 올바른 장소가 아니다. 침대에 누워서 세수를 하진 않는다. 화장실 변기에 앉아 저녁 식사를 즐기지도 않는다. '장소'는 모든 사물과 행위를 규정짓기에 어떤 의미에서 파시즘에 가깝다. "이 장소에서는 이것만 해!"라고 명령하고 있으니까.

나는 어릴 때, 밥을 머그컵에 넣고 먹길 좋아했다. 지금도 정말 가끔 아내가 집에 없을 땐 컵에 밥을 넣고 들고 다니며 먹는다(거의 안 하지만). 그리고 밥숟가락으로 밥을 먹는 건 우리의 식사 문법이다. 하지만 도구를 쓰지 않고 손으로 밥을 집어 먹으면 묘한 해방감 같은 게 생긴다. 장소에서의 행동 규범을 깨고 나오면, 쓸데없지만 소소한 자유가 생긴다. 장소는 일종의 '문법'이다. 그 문법 체계 안에서 어떤 일들이 왜 벌어지는지, 어떻게 문법은 파괴되고 있는지 살펴보는 것 또한 소소한 재미가 있다. 장소의 문법대로 바르게 살고 있다면, 한 번쯤은 '비문(非文)'의 일상을 살아보는 건 어떨까.

지하철의 기호학

지하철은 독서를 하기에 매우 좋은 장소다. 버스보다 덜컹거리지 않아 멀미 가능성이 적고, 독서실처럼 적막하지 않아 덜 졸린다. 그리고 다른 사람들 앞에서, 책을 편 채 졸고 있는 모습을 보이고 싶지 않아 더욱더 책을 열심히 읽게 된다. 예전에 지하철만 타고 다닐 땐, 이동하면서 책을 정말 많이 읽었다. 지하철에서 글도 많이 썼다. 나는 지하철을 자습실처럼 활용했다.

스마트폰이 생기자, 사람들은 언제 어디서나 핸드폰만 쳐다본다. 지하철도 예외는 아니다. 설 때나, 앉을 때나, 이동할 때나 언제 어디서나. 핸드폰이 아니면, 가끔은 책을 본다. 이도 저도 아니면 사람들을 둘러보기도 한다. 하지만, 괜한 시비가 붙을까 봐 다른 이를 쳐다보는 사람이 많지는 않다. 예나 지금이나 이런 모습은 거의 똑같다. 단 한 가지! 마스크만 빼고. 코로나 이후 지하철 풍경에는 '마스크'가 추가됐다.

모든 사람, 장소, 사물은 '관찰'과 '읽기'의 대상이다. 일종의 '텍스트'다. 지하철에는 사람도, 사물도, 장소도 있다. 그래서 지하철은 그 모든 게 섞인 '복합 텍스트'다. 우리는 매일 복합 텍스트로서의 지하철을 이용하고, 스스로 텍스트의 소재가 된다.

텍스트에는 크게 두 가지 의미가 있다. 하나는 '외시(外示, De-notation)'라는 의미다. 외시는 '문자 그대로의 의미'를 말한다. '빨간색'은 말 그대로 '빨간색'을 의미한다. 그뿐이다. 반면, 특정 맥락에서 "걔, 완전 빨간색이잖아"라고 말한다면, '빨간색'은 '색상'의 물리적 구분을 의미하는 게 아니다. 여기서 빨간색은 '좌파' 혹은 '공산주의자'를 의미하기도 한다. 또 다른 맥락에서 투우장의 소는 '빨간색'을 보며, '돌진'을 해석한다. 이처럼 단어 그 자체의 뜻을 넘어가는 의미를 '공시(共示, Connota-tion)'라 부른다. 모든 텍스트는 외시와 공시를 지니고 있다. 지하철이라는 텍스트 역시 예외는 아니다.

외시(Denotation)	공시(Connotation)
사전적 / 표면적 의미	**내포적 / 부가적인 의미**
예) 장미는 가시가 있는 빨간 꽃이다	예) 장미는 사랑과 욕망의 상징이다

아래 사진부터 살펴보자.

내 손안에 서울 : '찰칵' 서울 지하철...사진으로 담아주세요!

먼저, 지하철의 구성 요소를 나열해본다. 눈에 보이는 것부터 모두. 손잡이, 기둥, 비어 있는 광고판, 임산부 배려좌석, 바닥, 밝은 조명, 사람 없음, 유리창, 냉난방 장치, 출입문, 좌석…. 이 사진 속 지하철은 방금 말한 '이런 모든 요소들이 한데 모여 있는 이동수단'이다. 무언가를 해석하려면 가장 먼저 '외시'를 파악해야 한다. 외시는 세계를 해석하는 기본이다. 번역으로 치자면, '직역'에 가깝다. 이제 숨은 의미(공시)를 읽어보자.

이 사진은 '텅 빈 지하철'을 보여준다. 이 지하철 칸에는 '사람'이 없다. 하지만, 실제로 이 지하철 사진을 찍는 누군가가 '있었다'(a été). 과거 특정 시점에 '있었던' 사람의 존재로 인해, 순전하고 무구한 '텅 비어 있음'의 순수성은 오염된다. 그 사람은 '사진가'로서 '지하철'에 연루되면서, 이 사진의 의미는 다른 '의도성'을 지니게 된다.

실제로 출퇴근 시간대에는 이런 장면을 보기 쉽지 않다. 그래서 '텅 빈 지하철'은 두 가지 가능성을 내포하고 있다. 사람을 이 칸에 못 들어오게 통제했거나, 한산한 시간대에 사람이 타지 않는 칸으로 가서 사진을 찍었을 가능성. 물론 차량기지에서 아직 출발하지 않은 지하철 내부를 찍었을 가능성도 있지만, 이 가능성은 저 건너편 칸에 앉아 있는 한 사람의 실루엣으로 이내 부정된다. 무엇이 사실이든, 이 '텅 빈 지하철'은 '연출된' 지하철이며, 특수한 목적을 위해 사진으로 박제화되었음을 알 수 있다.

사진의 특수한 목적, 다시 말해 그 '의도성'은 사진 왼쪽 상단에 있는 '내 손안에 서울'이라는 로고와 사진 오른쪽 하단에 있는 '©뉴시스(newsis.com)'라는 워드마크로 인해 존재를 드러낸다. 사진에 의도성이 있었다는 심증이 드는 건 2016년 5월 구의역에서 발생한, 한 사건 때문이다. '구의역 스크린도어 사망사고'. 구의역 스크린도어를 혼자 수리하던 비정규직 청년이 열차에 치어 사망한 산업재해였다. 그 청년은 열아홉 살이었다. 사고현장에서의 부주의 등 개인과실로 인한 사고

가 아니라, 2인 1조로 진행해야 하는 작업을 혼자 진행하게
된, 열악한 노동 환경 때문이었다. 경찰에서도 '서울메트로'
의 관리 감독 부실을 지적했다. 이 사건을 계기로 지하철의
안전관리 효율성 증대 및 혁신을 이유로 '서울메트로'와 '서
울특별시 도시철도공사' 두 기업의 합병이 논의되기 시작한
다. 이 사진은, 두 기업이 합병하여 새로 출범한 '서울교통공
사'의 존재를 알리고 이 새로운 공기업이 시민을 위한 '공공
개혁'의 일환이라는 것을 알리기 위한 사진 공모전 홍보 기
사에 쓰였다.

지하철은 행정의 치적을 홍보하기 위한 오브제다. '사진공모
전' 홍보를 위한 이 사진은 공공개혁의 일환으로 실행된 두 철
도 회사의 합병을 적극적으로 선전하는 프로파간다'다. 지하
철을 안전하게 관리할 것이라는 약속이자, '서울시의 행정 치
적을 알리는 정무적 아이템'이라는 공시를 드러낸다.

텍스트의 숨은 의미를 파악하기 위해선 언제나 텍스트 외부
에 있는 역사와 배경을 알아야 하는 것일까? 반드시 그렇지는
않다. 다음 장의 사진을 보자. 이 사진에는 특정한 '행정의 영
향력'이 보이지 않는다. 지하철을 그 자체만으로 읽어볼 수 있

---

* Propaganda : 정보의 도구를 통하여 대중의 마음을 사로잡고 그 감정과 행동을 일정한 방
향으로 움직이고자 하는 조직적인 시도

다. 이 지하철에는 앉아 있는 사람과 서 있는 사람이 있다. 앉아 있는 사람은 자는 사람, 핸드폰을 보는 사람, 대화를 나누는 사람 등으로 구분된다. 서 있는 사람은 스스로의 힘으로 균형을 잡고 서 있는 사람과 기둥에 기대어 서 있는 사람, 손잡이를 잡고 서 있는 사람으로 나뉜다. 짐을 올려 보관할 수 있는 선반이 있고 통로 중앙 상단에는 정차역을 알려주는 전광판이 있다. 그리고 드문드문 보이는 광고판도 확인할 수 있다. 사람들의 복장을 보아하니 겨울이다. 우리는 이렇게 쉽게 지하철 풍경을 세부적으로 묘사하며, '어느 겨울의 한산한 지하철'이라는 외시를 얻을 수 있다.

출처 : 디지털타임스

지하철은 조금씩 덜컹거린다. 버스보다 덜하지만, 가만히 서 있다가 휘청-거릴 수도 있다. 그럴 때 우리는 '손잡이'를 잡는다. 애당초 '의자'에 앉은 사람들은 자세를 '안정'시킬 수 있어 넘어질 우려가 없다. 마주보는 좌석의 구조는 사람과 사람의 시선을 부딪히게 한다. 시선의 교차가 부담스러운 사람은 바로 '핸드폰'을 꺼내 든다. 핸드폰 배터리가 떨어졌다면 '책'을 읽거나, '광고판'을 볼 수도 있다. 혹은 아예 '눈을 감고' 잠을 잔다. 그렇게 불안한 시선을 '안정'시킨다. 잠을 자는 사람은 내려야 할 역을 확인해야 하기 때문에 깊은 수면을 취하진 않을 것이다. 중간중간 눈을 떠 정차역 정보를 노출하는 '전광판'을 쳐다볼 것이다. '전광판' 역시 내릴 곳을 놓칠까 염려하는 시민들에게 명확한 정보를 제공하는 '안심'의 코드를 지니고 있다. '기둥'도 다소 '안정'적인 자세로 서 있을 수 있도록 돕는 장치다. '선반' 역시 물건을 안정적으로 보관할 수 있도록 설계된 편의 장치다. 그리고 이 사진은 '초상권'을 이유로 뿌옇게 처리되어 있어, 지하철에 있던 사람들을 '안심'시킨다. 그래서 이 지하철 사진은 '안심, 안정'이라는 새로운 공시를 지니게 된다.

일상적으로 대하는 지하철에도 이렇게 많은 의미가 있다. 분석의 세부 대상 범위와 관점에 따라 더 많은 의미를 읽어낼 수 있다. 지하철은 하나의 텍스트다. 그 안의 모든 사물, 사람, 장소, 공간 역시 모두 텍스트다. 세계는 거대한 텍스트다. 거대한 산문이자 의미로 드글거리는 무한광활한 우주다. 세계라는 거대한 우주를 텍스트로 읽어내는 우리는, 관습이라는 중력을 딛고 우주를 부유하는 기획자다.

지하철과 에듀윌

지하철을 탈 때마다 정말 많이 보이는 광고 중 하나가 '에듀 월' 광고다. 에듀윌이라는 단어를 보자마자, "공무원 시험 합 격은 에듀윌"이라는 서경석의 음성이 자동 재생된다. 도대체 광고비를 얼마를 쓰길래, 지하철 탈 때마다 눈에 띄는 거지? 재무제표를 찾아봤다(무언가 궁금증이 생기면, 그 회사 재무

제표를 찾아보자. 돈의 흐름은 모든 것을 이해하기 위한 가장 기본적인 배경지식을 전해준다). 가장 최근 데이터는 2021년 12월 31일까지의 데이터다. '광고선전비'로 공시된 비용은 대략 150억. 그런데 이 150억은 에듀윌과 '특수관계'로 설정된 '(주)브랜드발전소'라는 곳의 매출로 잡혀 있다. 브랜드발전소를 검색해보니 '전철광고', '버스광고' 등을 전문으로 하는 매체사였다. 아마도 재무적 시너지 때문에, 광고 매체사를 특수관계로 둔 것 같다. 영리한 전략이다.

에듀윌은 시민들에게, '안정성'(공무원), '새로운 소득의 가능성(온갖 자격증)'을 세일즈하며, 새로운 인생의 사다리를 제공하려 한다. 에듀윌과 함께 인생의 새로운 가능성을 준비하는 분들이 계시다면, 그 꿈, 꼭 이루시길 기원한다.

광고구함(For Advertising)

베트남 공항. 인파에 밀려 지나가다 급하게 찍은 사진이다. 곳곳에서 이런 빈 광고판을 많이 볼 수 있었다. 'For Advertis-ing'. '광고구함'이다. 광고를 구한다는 메시지를 광고하는 메타 언어(어떤 내용을 알리는 언어 그 자체를 대상으로 하는 언어)다. 사람들은 언제나 바쁘다. 삶이 점점 더 여유를 잃어간다. 주변을 둘러볼 여유가 없다. 가까운 지인도 돌아볼 마음이 없는데, 정말 독특한 광고가 아닌 다음에야 굳이 신경을 쓸 마음도 없다. 그럴 여유가 있다면, 걸으면서도 모두가 스마트폰을 쳐다본다. 세상에 놓여져 살고 있으면서, 현실을 직접 보지 않고, SNS로 세상을 관찰한다. 그래서 이날만큼은 '광고 구함'이라는 저 광고 문구가 (핸드폰만 쳐다 보지 말고) "마음에 여유를 갖고, 세상에 관심을 가져주세요"라는 메시지처럼 읽혔다.

카페가 아니라 갤러리입니다

새로 생긴 카페나 편집샵을 볼 때마다, 우리 동료들끼리 이런 말을 자주 한다. "디자인은 디폴트(Default)." 디자인은 초기

세팅값, 즉 기본이라는 의미다. 공을 조금이라도 들였다는 곳들은 디자인이 모두 훌륭하다. 적어도 표면적으로 보자면, 대한민국은 이미 디자인 강국이다.

홍대를 걷다 우연히 한 카페를 발견했다. 카페 〈도식화〉. 마들렌에 진심인 카페였다. 1층은 마들렌 작품을 감상할 수 있는 갤러리로 디자인되었다. 2층은 카페다. 마들렌 하나하나를 '예술품'처럼 생각하지 않으면 절대 나오지 못하는 인테리어 구조다. 공간의 효율성만을 생각했다면 손님 테이블을 더 설치했을 텐데, 이곳은 그렇지 않았다. 마들렌뿐 아니라, 갤러리 카페가 주는 독특한 경험을 판매하는 것이다. 공간을 공급자의 '판매 장소'로 보지 않고, 소비자 관점의 '구매 장소'로 본 것이다. 사람들은 사진 한 컷을 남기기 위해 이곳을 방문한다.

어느 날, 한 대표님과의 대화. 정해진 상품만 잘 만들어 팔고, 서비스만 제대로 제공해주면 되지 뭐하러 돈 써가며 인테리어 디자인에까지 투자하느냐고 반문하는 그분. 그 대표님의 논리나 식견 역시 타당하다. 사업의 본질에 더 집중하라는 말씀이셨다. 브랜더, 디자이너, 마케터들의 화려한 크리에이티브 작업을 보며, '호들갑'이라고 생각하시는 눈치였다. 그 말씀을 무조건 부정할 수만은 없었다. 기업들이 실제로 제공하는 상품의 품질력과 경쟁력을 살펴보면 대부분 큰 차이가 없는데 품질 향상과 혁신에 투자하지 않고 왜 껍데기 포장에만 신경쓰느냐는 논리였으니까.

원론적으로 품질력 강화, 비즈니스 실체 혁신에 투자하는 것이 맞다. 당연한 관점이다. 하지만, 자본이 부족하고 여력이 없는 기업들, 당장 생계에 허덕이는 작은 회사들까지 생각하면, 오히려 제품 혁신을 위한 투자는 요원해 보일 때가 많다. 일단 소비자는 차치하고 기업의 입장만 고려해본다면, 경쟁자와 상품이 비슷하기 때문에 더더욱 디자인이나 마케팅, 브랜딩에 투자를 해야 하는 것이다. 상품이나 서비스의 실제 가치가 비슷하다면, 인식 가치(Perceived Value)를 높여야 구매가 일어난다.

과거의 브랜드는 '확실한 품질'의 상징이었다. 제품이나 서비스가 확실히 괜찮다는 '신뢰'의 표식이자, 경쟁사 대비 '우월'하다는 것을 경제적으로 전달하는 효율적 수단이었다. 물론 지금도 이런 기능을 하고 있으나 그 양상이 바뀐 지 오래다. 경쟁 제품의 수가 훨씬 많아지고 평균적으로 모든 제품의 품질이 향상되었다. 그래서 품질만 따지고 드는 건 과거에 비해 의미가 많이 퇴색됐다.

최소한의 물리적 품질 이상을 갖추고 있다면, 이제 패션 브랜드에서 중요한 건 그 고유한 룩과 분위기, 세계관이지 실밥의 정돈 상태 같은 게 아니다(물론, 초럭셔리 브랜드는 실밥 하나도 굉장히 신경 써야 한다). "사람들이 물건을 사는 건 유용성뿐 아니라, 의미 때문이기도 하다."[*]

유용성만을 중시하는 유물론자의 세계에는 '의미' 따위가 들어올 여지가 없다. 상품은 그 본래의 기능만 충실히 전달하면 되니까. 카페의 품질을 커피 품질로 본다면, 카페는 그저 원두 품종과 품질 관리, 바리스타의 실력 향상에만 신경 쓰면 된다. 카페의 디자인이나 친절한 인사는 불필요한 장치가 된다.

"맥주는 그 자체로 충분하다. 우리 자신이 남성답게 보이고, 마음만은 젊거나 친절해 보인다는 부차적인 약속 없이도 말이다. 세탁기는 진보적인 기계라거나 이웃이 부러워할 대상이라기보다, 그저 옷을 빨 수 있는 유용한 기계일 뿐이다."[**]
유물론자는 '물질 = 참된 것 = 경제적인 것'으로 보며, 제품 그 자체를 있는 그대로 묘사하는 세계에 머물러 있다. 그는 제품

---

[*] 마케팅 구루 시드니 레비(Sidney Levy)는 《Symbols for sale》에서 이렇게 적었다 : "People buy things not only for what they can do, but also for what they mean."

[**] 문화유물론자 레이몬드 윌리엄스(Raymong Williams)는 유물론자의 시선을 예로 들었다. Raymond Williams, "Advertising: the Magic System", Advertising & Society Review, Volume 1, Issue 1, 2000.

의 기능만을 인정한다. 기능 외 다른 의미나 가치를 인정하지 않는다. 하지만 시드니 레비의 말대로, 사람들은 상품을 의미적 차원에서도 해석한다. 상품은 '사용의 대상'뿐 아니라 '인식의 대상'이기도 하다. 커피 품질이 썩 좋지 않아도, 어떤 카페는 분위기 때문에 즐겨 찾게 된다. 마들렌 그 자체의 맛만 중요한 사람이라면, 군이 뭐하러 줄까지 서가며 카페에 방문한단 말인가? 배달시켜 먹으면 그만인 것을. 상품에만 집착하는 유물론적 사고는 인생의 많은 의미와 재미를 잊게 만든다.

광고인 제프 굿비(Jeff Goodby)는 이렇게 말한다.

"브랜드는 놀이공원이다. 상품은 놀다가 사가는 기념품이다."

카페 헤밍웨이
그의 생애와 작품에 대한
아들러 심리학적 해석

전주의 한 거리에서 밤길을 걷다 발견한 카페다. 도대체 무슨 컨셉이지? 타로 점을 봐준다고 한다. 카페 안에는 심리학 서적이 가득하다. 이곳은 단지 커피를 판매하는 곳이 아니다. 타로 카드로 사람들에게 '미래'를 판매한다. 그리고 사람들에게 헤밍웨이, 아들러에 대해 아는 척을 할 수 있는 '기회'를 판매한다. 그러한 대화의 경험이 이 카페의 본질이며, 커피나 디저트는 공간에서의 경험을 채워주는 소모품이다.

세상 무기력한 달걀, 구데타마

구데타마(ぐでたま)는 '의욕 없는 달걀'이라는 뜻이다. 산리오 퓨로랜드에서 만난 구데타마는 저 위에서 알이 깨져 떨어지고 있는데도 살려고 발버둥치지도, 떨어지지 않으려 굳이 노력하지도 않는다. 최강 멘탈이다. 발버둥치며 살고 있는 우리 인생을 돌아보니 구데타마가 존경스럽기까지 하다.

같은 층 레스토랑에는 구데타마 소고기 덮밥을 판다. 역시 이 메뉴를 사려는 줄이 가장 길다. 줄을 서려고 봤더니 40분을 기다리라고 한다. 음식 맛이 특별히 다를 게 있을까. 절대 그렇지 않다. 저 노른자 위에 있는 구데타마의 얼굴을 직접 알현하고자 기꺼이 1,300엔을 지불하고, 40분이고 1시간이고 기다린다. 사진 한 컷으로 증명하기 위해. 왜 이렇게 인기가 많은 걸까. 우리의 아등바등거리는 이 팍팍한 삶에 대한 소심한 반항심 때문일까. 가끔씩, 정말 가끔씩은 저 구데타마처럼 '무욕'

의 삶을 살아봐도 괜찮다는 생각도 든다. 때론 우리에게 '무기력'이 필요한 것 같다.

광장시장의 새바람

광장시장. 국내 최초의 상설시장이다. 광장시장이라는 장소
는 빈대떡, 떡볶이, 김밥, 육회, 순대, 막걸리, 소주 등을 어휘로
하는 문법체계다. 팬데믹이 터지자, 문법도 바뀌기 시작했다.

나와 동료들은 전통시장이라는 문법을 깨고 〈박가네빈대떡〉과 새로운 시도를 하게 됐다. 시장에 없던 편집샵 〈365일장〉과 힙스터 와인바 〈히든아워〉를 만들었다. 시장 내 재료와 제품을 재해석/가공하여 굿즈와 음식을 제공하고, 시장과 완전히 다른 유형의 술집을 만들자. 시장의 분위기를 반전시키자! 우연인지 모르지만, 광장시장에 새로운 바람이 불자 〈카페 어니언〉도 재래시장으로 들어왔다. 광장시장은 힙스터 문화를 체험할 수 있는 장소로 조금씩 변화하고 있다. 시장이라는 장소의 의미 또한 점차 바뀌고 있다.

TV는 거실에만 있어야 하나요?

내가 국민학교(지금의 초등학교)에 들어가기 전, TV는 매우 귀한 물건이었다. 우리 집엔 거실이 없고 외부에서 들락거릴 수 있는 대청마루가 있었다. 그래서 동네 1호로 TV를 구매하신 아버지는 안방에 TV를 모셔뒀다.

TV에는 전파를 잘 수신하기 위한 안테나도 달려 있었다. 리모컨이 없는 시절이었고, 방송 채널을 바꾸려면 TV 앞으로 가서

동그란 다이얼을 일일이 돌려야만 했다.

TV는 점점 가볍고, 선명한 화질로 바뀌어갔다. 유년기까지도 TV는 안방에 있었다. TV를 보려면 부모님의 허락을 받고 들어와야 했다. 평균적으로 많은 가정이 '1 가정 1 TV'를 원칙으로 여겼다. 일반적인 가정에서는 TV를 굳이 여러 개 살 필요가 없었으니까(지금과는 상황이 많이 달랐다). 구성원별 생활동선과 프라이버시 영역의 변화로, 공간은 구성원의 수만큼 구획되어 갔다. 한 가정에 한 대만 있던 TV는 모두가 동등한 권리로 볼 수 있도록 가장 평등한 장소로 재배치된다. 모든 구성원이 접근가능한 민주주의적 공간, 바로 '거실'이다.

거실 이야기를 하기 전에, 잠시 재밌는 이야기를 하나 하려 한다. 빈 종이에 TV를 한 번 그려보시라. 어떻게 그리셨는지?

50대 이상에게 TV를 그리라 하면 다음장 왼쪽처럼 그리고, 요즘 아이들은 TV를 그리라 하면 오른쪽처럼 그린다고 한다. 정반대의 그림이다. TV를 사용하는 세대간의 방식이 달라졌다. 나는 그저 뉴스나 드라마, 영화를 보기 위한 수단으로 TV를 사용한다. 가끔 게임기를 연결해서 보는 정도가 좀 다르다고나 할까? 하지만, 내 아이들은 주로 유튜브나 OTT를 보다 개방감 있게 보고 싶을 때 TV를 켠다. TV에 대한 쓰임새와 인식은 이 그림처럼 180도 달라졌다.

다시 거실 이야기로. 거실은 가족 구성원 모두가 함께 모여 쉴 수 있는 장소다. 아빠의 서재에는 종종 아이들 출입이 금지된다. 아이들이 독립적으로 잠을 잘 수 있는 나이가 되면, 안방도 부모님의 프라이버시 공간이 된다. 하지만 거실은 누구나 올 수 있고 쉴 수 있는 열린 공간이다. 대부분 '1 가정 1 TV'인 이유로, 누구나 공평하게 TV를 볼 수 있도록 거실에 두었다. '거실 TV'는 배려의 결과다. 사실 중요한 건 TV의 위치가 아니라 TV 채널의 선택권이다. 대개의 부모님들은 리모컨의 주도권만큼은 빼앗기지 않으려 했다. 엄마 혹은 아빠는 집안 내 방송 큐레이션을 도맡았다. 그런 이유로 어느 시점부터 난 TV를 아예 보지 않았던 것 같다.

지금은 2010년 이후 태어난 알파세대가 집안의 왕이다. 가정 내 많은 이슈를 알파세대의 의견을 고려해 결정한다는 통계 결과가 있을 정도다. 채널 역시 마찬가지다. 내 경우엔 아이들의 불평불만과 칭얼거림을 견디기 어려워, 조금 실랑이를 하다가 채널 선택권을 아예 넘겨버렸다. 그런 이유로 똑같은 만화를 수십 번도 더 본 나 같은 부모님들이 꽤 많을 것이다.

케이블TV, 인터넷, 스마트폰, SNS, OTT 플랫폼의 등장으로 미디어 경험에 대한 양상이 바뀌었다. 콘텐츠의 수도 늘어났고(콘텐츠는 많은데 왜 볼 건 없는지…), 영상을 볼 수 있는 방법도 늘어났다. 굳이 온가족이 모여서 TV를 보지 않아도 된다. 게다가 핸드폰으로는 내 취향과 세계관에 맞는 콘텐츠를 충분히, 간섭받지 않고 볼 수 있다. 여러 명이 함께 봐야 하는 TV로는 불편한 일이다. 개개인 모두가 핸드폰이나 각자의 컴퓨터로 영상을 볼 수 있는 시대다. 그러다 보니, 거실에 모두 모여 TV를 보는 행위는 '가족의 공감대 형성', '행복' 등의 코드로 해석되기도 한다.

새로 개발되는 TV는 거실을 벗어나 침실, 주방, 심지어 문밖으로 나가기 시작했다. 아예 위치를 지정해주기 어려우니, 아무 장소에나 둘 수 있는 포터블한 TV도 만들어졌다. TV의 본질을 제품의 형태로 보기 시작하면, 그 위치에 제약이 생긴다. 하지만, TV의 본질은 형태에 있지 않다. 그 본질은 화면이다. 다시 말해 영상을 구현할 디스플레이 기술이다. 디스플레이를 설치할 수 있는 모든 장소에 TV가 생길 수 있다. 지금은 기술이 고도화되어 구불구불한 곡선형 디스플레이도 만들 수 있다. 벽, 자동차 창문, 유리창, 냉장고, 찬장, 테이블, 침대, 문 등 디스플레이 패널을 설치할 수 있는 모든 곳이 TV가 될 것이다.

아웃도어용 TV. 삼성 더 테라스
출처 : 삼성전자

어디에나 설치 가능한 LG 스탠바이미
출처 : LG전자

자율주행이 상용화되면, 운전자라는 단어는 '탑승자'라는 단어로 바뀔지 모른다. 자율주행차에서는 운전석의 방향이 굳이 앞을 향할 이유가 없다. 앞 두 좌석이 뒤로 회전되면, 네 개의 좌석은 마주보게 되고, 그 안에서 양옆 유리창, 선루프 및 기타 장소에 부착되는 디스플레이가 자동차 TV의 역할을 맡게 될지 모른다. 대중교통 또한 마찬가지다.

자율주행시대 자동차 시트는 어느 방향으로도 움직일 수 있을 것이다.
출처 : 현대자동차그룹

시대가 이렇게 발전하고 있는데, TV는 거실에만 있어야 하냐고? 그렇게 믿는 사람은 없을 것이다.

※ TV를 거실에 두지 않으려면, 셋톱박스 기능 인테리어가 중요할 것이다.

메가박스와 넷플릭스

코엑스 메가박스 내 전광판 광고다. 전 세계적으로 인기를 끈 넷플릭스의 〈더글로리〉를 비추고 있다. 송혜교의 연기 변신이 멋지다. 재미있어서 단숨에 시즌 1을 다 봤다. 집단괴롭힘을 당하는 학생이 치밀한 복수를 기획하고, 차근차근 복수에 성공하는 서사를 담고 있다.

OTT 광고를 극장에서 한다고? 잠시 어리둥절했으나, 곧 이해가 됐다. 그동안 극장은 OTT를 경쟁대상으로 봐왔다. 하지만, 경쟁이 어려울 정도로 OTT는 비약적으로 성장했다. OTT의 비약적인 성장과 가성비 앞에서 극장은 속수무책이었을 것이다. 하지만, 극장은 극장만의 특별한 '관계 경험'이 있다. 누군가와의 공인된 데이트, 새로운 공간에서의 비일상적 경험 등 모바일이나 PC, TV로만 보는 OTT 시청과 또 다른 즐거움이 있다. 그래서 극장의 입장에서는 서로의 강점을 인정하고 활용하는, '상생' 혹은 '보완재' 전략이 현명한 선택이었을 것이다. OTT라는 작은 화면에서 보는 콘텐츠를 영화관에서도 즐겨라! 이쯤 되면, 메가박스에서 넷플릭스 콘텐츠를 광고하는 건 전혀 이상한 일이 아니다.

기내금연에도 재떨이가
버젓이 존재하는 이유

비행기 화장실에 재떨이가 있다니. 아이러니하게도 그 위엔 금연 스티커가 붙어 있다. 담배를 허용하는 재떨이를 없애지도, 막아두지도 않았다. 무슨 이유가 있어서일까? 아니면 신경을 안 쓴 것인가?

돈이 아까워 구형 비행기를 가져다 쓴 줄로만 알았는데, 알아보니 신형 비행기에도 재떨이가 있었다. 예전, 미국에서 한 승객이 화장실에서 흡연을 하다가 재떨이가 없어 꽁초를 휴지통에 버렸는데, 그때 비행기 화재가 발생해 열한 명을 제외한 모든 사람이 사망했다고 한다. 그 사건 이후 미 연방항공청은 항공기 화장실 내 재떨이 설치를 의무화했다. 몰래 담배를 피울 사람은 어떻게든 피우니까 불이라도 나지 않게 꽁초를 잘 처리하라는 거다. 하나하나 따지고 보면, 이유 없는 존재는 없다.

※ 재떨이가 있었고, 비행기에 탄 채 담배를 피운 사람이 있었구나!

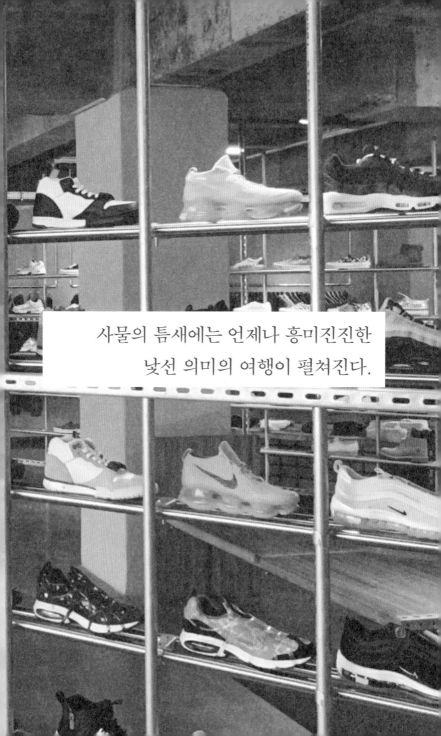

사물의 틈새에는 언제나 흥미진진한
낯선 의미의 여행이 펼쳐진다.

사물의 빈칸

사물의 세계는 빈칸을 허용하지 않는 듯하다. 원래 거기 있었던 것처럼 특정 장소를 차지하고 있는 사물은 '자연스럽게' 존재한다.

이제는 찾아보기 어려운 공중전화부스는 한때 매우 당연한 사물이었다. 핸드폰 보급률이 인구수를 넘어선 지금 공중전화부스는 '어색한' 존재가 돼버렸다. 시대의 변화에 적응하길 거부하는 고집스러운 옛 선비 같은 느낌이랄까. 기능을 상실한 전화부스는 그저 향수를 자극하는 미장센의 소품처럼 보인다. 하지만, 이 전화부스를 무인 택배함으로 바꾼다면 어떨까? 혹은 아직도 핸드폰이 없거나, 전화요금이 부담스러운 사람들을 위해 다시 공중전화 기능을 되살리면 어떨. 공중전화가 사라진 그 빈칸을 보며 '소통'을 다루는 공동체의 관점을 생각해본다. 소통을 위해선 월정액 요금과 핸드폰 단말기 요금을 지불해야 하는 이 시대. 더 먼 미래, 핸드폰이 사라진다면, 그 빈칸은 앞으로 무엇으로 메우게 될까.

세계는 사물들의 빽빽한 집합이 아니다. 세계는 언제나 빈칸을 허용한다. 사물의 틈새에는 언제나 흥미진진한 낯선 의미의 여행이 펼쳐진다. 낯선 의미는 산 정상에 올라 이렇게 외친다.

"사물과, 이 세계를 당연시하지 말라. 나, 사물은 천 겹의 주름으로 세계를 버텨왔다. 그 주름의 깊이를 알지 못한 채 함부로 단언하지 말라. 단언컨대, 단언하는 자들은 이 세계의 깊이에 다가서지 못할 것이다."

크리에이티브는 어떻게 만드나요?
: DHL과 CJ대한통운

세계 4위 물류회사 DHL과 37위에 랭크된 CJ대한통운. 회사 앞을 걷다 보면 두 브랜드 트럭을 동시에 볼일이 생긴다. DHL

은 노란 바탕 위에 빨간 글자로 프린트돼 있다. 멀리서 노란 트럭만 보면 DHL이 떠오른다. 반면 CJ대한통운은 파란색, 빨간색, 노란색의 주요 컬러와 바탕을 이루는 옅은 회색이 트럭 전체를 뒤집어 싸고 있다. 파란색, 빨간색, 노란색은 CJ 기업 심볼(꽃이 활짝 피는 모습을 닮았다고 해서 '블라썸(Blossom)'이라고 부른다) 컬러다. 2011년, 대한통운이 CJ에 인수되면서 디자인의 아이덴티티를 바꾼 결과다. DHL과 CJ대한통운은 둘 다 훌륭한 회사고, 훌륭한 디자인을 지니고 있다. 하지만, 문화적 상징성에서 현격한 차이가 드러난다.

패션 브랜드 베트멍(Vetements)의 설립자 뎀나 즈바살리아는 2017년 재밌는 컬래버레이션을 선보였다. DHL 브랜드를 패션의 맥락으로 불러온 것. DHL 브랜드를 입힌 베트멍의 반팔 티셔츠는 한때 98만 원에 팔리기도 했다. 그 독특함과 희소성 때문이리라. 그 이후로 DHL은 물류의 맥락에서 벗어나 패션과 굿즈 리테일의 맥락에서 세련된 연상 이미지를 조금씩 확보하게 된다(언젠가 DHL 볼펜을 하나 선물받았는데, 다른 볼펜은 그렇게 많이 잃어버려도 이 볼펜은 신경 써서 잃어버리지 않고 있다).

선물 받은 DHL 볼펜. 볼펜심을 다 썼는데도 멋으로 들고 다니는 중.

많은 기업에서 이런 크리에이티브(Creative)를 만드는 방법이
나 프로세스가 있는지 묻곤 한다. 어떤 식으로 발상을 해야 새
로운 것을 만들 수 있느냐는 질문이다. 참으로 답하기 곤란한
질문이다.

베트멍은 DHL을 패션의 맥락에 배치했다.

창의성(Creativity) 혹은 창조(Creation)라는 단어에 관하여 : 사전적 정의로 '창조(創造)'는 '전에 없던 것을 처음으로 만든다'는 의미다. '없던 것을 처음으로 만듦'. 이는 세상의 모든 기획자를 '무(無)'에서 '유(有)'를 만드는 신적 존재로 보는 관점이다. 그래서 대개는 '창의성'을 '타고나는 무언가', '기질'의 문제로 간주하곤 한다. 그러나 크리에이티브는 이러한 '창조'가 아니다. 대부분의 크리에이티브는 '무(無)'에서 '유(有)'를 만드는 작업이 아니라, 'A라는 유(有)'에서 'B라는 유(有)'를 만드는 작업이라 할 수 있다. '유(有)', 다시 말해 어떠한 '있음'이 다른 '있음'으로 되는 상태, 바로 이 '되기(becoming)'의 과정을 크리에이티브에 비유할 수 있다. 프랑스의 철학자 질 들뢰즈(Gilles Deleuze)는 이러한 '되기'의 과정은 '아장스망(Agence-ment)'을 통해 구성될 수 있다고 했다. 아장스망. '배치(配置)'라는 뜻이다.

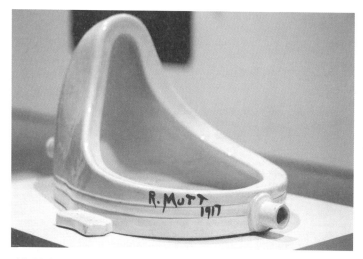

뒤샹의 〈샘〉 원작은 사라졌다고 한다. 존재하는 〈샘〉은 뒤샹의 허락하에 제작된 복제품이다. 하지만, 그게 무슨 상관인가?

배치는 배열, 조합, 구성의 변화를 암시한다. 예술계에 한 획을 그은 마르셀 뒤샹의 〈샘(Fountain)〉이라는 작품은 모두 한 번쯤 봤을 것이다. 화장실 변기를 미술관에 '배치'하여 예술작품으로 만들었다. '변기'는 '작품'이 '되었다'. 간단한 배치로 크리에이티브가 기획됐다.

물류 배송 브랜드와 '비상구', '영수증'을 패션의 맥락으로 배치하자 힙스터 아이템이 탄생했다.

팝아트의 거장 앤디 워홀 역시 '아장스망(배치)'의 원리를 활용했다. 식료품점 매대에 있어야 할 캠벨 수프를 화폭에 가져옴으로써, 먹는 '통조림'은 '예술품'이 '되었다'.

앤디 워홀, 〈캠벨 수프 캔〉, 뉴욕 현대미술관(MOMA)

발렌시아가는 또 어떠한가. 발렌시아가는 스페인의 고상한 왕족 취향을 시민들에게 가져와 모던하게 해석한 브랜드다. 이브랜드는 17세기 복식을 20세기에 가져왔다. 단지 복고풍 혹은 레트로라는 말로 설명하면, 크리에이티브의 인문학적 원리가 잘 보이지 않는다. '아장스망'이다. 훨씬 나은 설명이다. 과거를 현재에 배치하여, 세련되게, 대중적으로 현재화했다. 발렌시아가는 디에고 벨라스케스의 '마르가리타 공주' 그림에서 패션의 아이디어를 가져왔다. 역시 '아장스망'이다.

17세기를 20세기로 재배치한 발렌시아가

한때 '쓱(SSG)' 열풍이 불었다. 공유와 공효진이 연기한 광고는 SSG을 세련된 이미지로 바꾸는 데에 일조했다. 에드워드 호퍼의 그림이 SSG 광고의 맥락에 배치된 결과다. 이 광고로 SSG 브랜드 인지도, 긍정 이미지가 한껏 강화됐다. 굉장히 세련되고 절제된 기획이었다 생각한다.

SSG 광고는 에드워드 호퍼의 그림을 보다 밝고, 고급스럽게 재해석했다.
오른쪽) 에드워드 호퍼, 〈철길 옆의 호텔〉, 개인소장

'아장스망(배치)'에는 두 개 이상의 대상이 있어야 한다. '손' 을 '자동차 핸들'에 배치하면 '운전자'가 된다. '손'과 '연필'이 배치된 결과 '편지'가 나올 수 있고, '손'을 '피 묻은 칼'에 배치 할 때 '용의자'라는 결과가 나올 수도 있다. 이렇게 하나의 대 상을 어떤 대상에 배치하느냐에 따라 크리에이티브가 다르게 작동되는 것이다. 그래서 크리에이티브를 대하는 가장 근본적 이며 쉬운 방식은 배치의 대상물을 변경하는 것이다.

배치의 대상	배치의 결과
H, O	물(H_2O)
손 – 핸들	운전자
손 – 연필	편지
손 – 피묻은 칼	용의자
찬공기, 숨결, 유리창	성에

물, 운전자, 편지, 용의자, 성에는 배치의 결과다. 모든 사물은 '배치'의 결과다. 손 역시 DNA가 배치된 결과다. 연필은 나무 와 흑연이 배치된 결과다. 책상, 의자, 칠판, 지우개, 분필은 모두 배치의 결과이자, 이들은 한데 모여 '교실'이라는 '영토 (Territory)'를 구성한다. 특정한 영토는 일정한 규칙, 즉 '코드

(Code)'를 지닌다. 코드는 해도 될 것과 하지 말아야 할 것을 규정한다. '교실'이라는 영토에서는 공부를 해도 되지만, 시끄럽게 떠들면 안 된다. 이런 행동규범은 모두 코드에 해당한다.

어떠한 영토가 구성 요소와 규칙을 고집하면 그 상태로 '고착화'된다. 영토는 끊임없이 반복되는 지루하고 생기 없는 곳이 된다. 동일한 상황이 무한 반복된다. 이를 '영토화'라고 한다. 그래서 크리에이티브는 1. 배치의 대상을 다양하게 변경해보고, 2. 규칙을 바꾸면서 기획된다.

'교실'이라는 '영토'에서 그 배치의 대상물인 '흑칠판'과 분필'을 '화이트보드'와 '보드마카'로 바꾸면, 영토는 '현대화'된다(탈영토화). 영화 〈죽은 시인의 사회〉에서 키팅 선생님은 책상 위로 올라가 "오 캡틴, 나의 캡틴"이라고 외친다. 그 엄격한 사립학교 교실의 '코드'는 '조용하고 엄숙한 분위기에서 공부하라'고 명령한다. 그리고 '책상'은 '책을 펼쳐놓고 공부하는 작은 도서관'이다. 키팅 선생님은 책상에 허용된 규칙을 잠시 내려놓고, 이를 밟고 올라서 책상을 '시인의 무대'로 만들었다. 탈코드화다.

당신은 지금 어떤 영토에 머물러 있는가? 그 영토는 어떻게 배치돼 있는가? 그리고 그 영토의 코드는 만족스러운가? 아니면 당신은 새로운 코드를 기획하고 있는가? 크리에이티브 기획은 탈영토화, 탈코드화의 작업이다. 일상을 같은 방식으로만 살도록 종용하는 중력을 거스르는 행위다.

같은 규칙만을 강요하는 동일성의 세계에서 벗어나보자. 간단한 '배치' 행위만으로도 일상에 차이를 만들 수 있다.

※ 정답이 궁금하면 책을 뒤집어 보세요. 힌트 : 같은 사물을 재배치 해보았답니다. :-)

맨홀 뚜껑의 세계

해외 출장은 언제나 기대된다. 같은 사물의 다른 형태를 볼 수 있으니까. 왼쪽은 프랑크푸르트에서 찍은 맨홀 뚜껑이고, 오른쪽은 도쿄의 규격 맨홀 뚜껑 중 하나다. 한눈에 봐도 디자인의 결이 다르다. 엠블럼을 연상시키는 독일의 맨홀 뚜껑은 '권위'와 '품격'을 드러내며, 이 도시가 유서 깊은 조직의 관리를 받고 있다는 인상을 남긴다. 반면, 일본 맨홀 뚜껑은 속내를 감추고 많은 것을 드러내지 않는 간결함을 보인다. '효율성'이다.

일본에 '맨홀러'라는 말이 있다고 한다. 맨홀을 사랑하는 사람. 맨홀러의 디자인 맨홀이 점차 늘고 있다는 전언. 특정 지역에서는 일반 맨홀 뚜껑을 디자인 맨홀 뚜껑으로 점차 바꾸고 있다 한다. 맨홀 뚜껑은 속내를 적극적으로 드러내며 도시의 정체성을 형성하기 시작했다. 일본인의 아이덴티티가 조금씩 바뀌고 있는 것 같다.

맨홀러의 새로운 맨홀 디자인들

아들의 정(情)

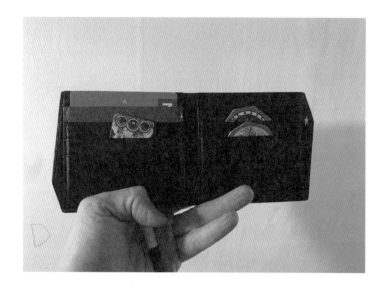

회사 근처, 간만에 여유가 생겨 클라이언트와 식사를 하기로
한 날이었다. 밥은 내가 사기로 했다. 맛있게 밥을 먹고 계산을
하려던 찰나, 내 지갑에 있던 신용 카드는 모두 사라지고, 당
시 여섯 살 아들의 터닝메카드 카드가 대신 꽂혀 있는 게 아닌
가. 낭패다. 클라이언트에게 양해를 구하고 밥을 얻어먹고 나
왔다. 아빠의 점심 약속을 알게 된 아들이, 자기 카드로 밥 사
먹으라고, 애지중지하던 터닝메카드 카드로 내 카드를 교체한
것이다. 아들의 뜨거운 정(情)이 느껴졌다.

'정(情)'이 통하지 않는 나라

왼쪽) 베트남 초코파이, 오른쪽) 인도네시아 초코파이

해외 다른 도시를 갈 때 무조건 가는 곳이 있다. 바로 마트다. 마트에는 그 나라에 최적화된 상품들과 디자인이 있다. 한국에서는 볼 수 없는 제품 크기, 디자인, 카피라이팅, 마케팅 방식을 두루두루 살펴보는 쏠쏠한 재미가 있다. 같은 상품이 지역에 따라 다른 디자인과 문구로 팔리는 경우, 문화의 차이를 실감하게 된다. 어떤 상품은 모든 지역에서 대체로 비슷한 모습을 보인다. 지역맞춤이 필요 없는 경우다. 이런 상품은 대개 브랜드 파워가 높다. 자기답게 스스로를 드러내기만 하면 된다.

대한민국에서 남성이라면, 한 번쯤 이 간식 때문에 사족을 못 쓸 때가 있다. '군대 초코파이'다('군대 초코파이'와 '초코파이'는 다른 존재다). 군인들은 일요일에 의무적으로 '종교참석'을 해야 하는데, 종교참석 시간에는 초코파이를 두 개나 먹을 수 있었다. 종교가 없는 나는 여러 종교를 왔다갔다 했다. 기독교 〉불교 〉가톨릭을 전전하다가, 종국에는 가장 조용한 불교를 선택했다. 그래서 군대의 종교는 '기불릭'교라고 한다. 초코파이는 삭막한 군사훈련 분위기를 달래던 '정(情)'감 있는 간식이었다.

베트남 마트에서 본 초코파이 패키지에는 'Tinh'이라는 문구가 적혀 있다. 베트남어 사전을 찾아보니 'Tinh Cam'은 '정감' 또는 '애정'을 의미한다. 한국의 '정(情)'을 가장 가깝게 번역한 것이다. 베트남에서 초코파이는 '사랑'을 의미한다. 가족에 대한 '사랑'을 표현하는 초코파이는 20년째 조상의 제사상에 오르는 베트남 국민 파이가 되었다.

반면, 자카르타에서는 '정(情)' 대신 'Korea No.1'이 적혀 있다. '한국'이라는 국가 브랜드 이미지로 판매를 촉진하는 전략이다. '정(情)'을 통한 감성 마케팅보다, '한국인의 라이프스타일'을 제시하는 '자아표현(Self-expression)' 마케팅이 더 효과적인 것 같다.

또 다른 나라는 어떨까. 초코파이는 중국에서 '하오리요우(好麗友) 파이'로 팔리고 있다. '좋은 친구'라는 뜻. 브랜드 네임도 달랐고, '정(情)' 대신 '어질 인(仁)'자를 넣은 것도 달랐다. '인(仁)'은 중국인들이 인간관계에서 중시하는 가치다. 이 감성 마케팅 전략으로 현지화에 성공한 초코파이는 2020년 중국 매출이 1조 원에 달했다고 한다.

이렇게 초코파이 패키지 몇 개만 비교해봐도, 같은 제품이 서로 다른 의미로 팔리는 것을 알게 된다('정(情)', '인(仁)', '한국적인 삶' 등). 이 흔한 초코파이에도 여러 의미가 있는데, 하물며 우리의 삶은 어떠랴. 우리의 삶 역시 다양한 의미로 해석될 수 있다. 그러니 어느 하나의 의미만 고집하지 말자. 의미를 고집하면 삶이 피폐해진다.

이야기가 나온 김에 브랜딩 상식 하나 더한다. 브랜딩 업계에서는 이미 오래된 이야기지만, 오리온이 왜 '정(情)' 마케팅을 시작했는지 모르는 사람들이 아직 많다.

사업자가 어떤 이름을 상표로 사용하려면, 특허청에 상표를 등록해야 한다. 등록을 하려면 특허청에서 인정하는 '식별력'이 있어야 한다. 상표를 등록하면, 다른 사업자가 이 상표를 함부로 사용할 수 없게 된다. 독점배타적 권리를 확보하게 되는 것. 상표법은 등록할 수 없는 상표의 조건을 명시하고 있는데,

그 중 '성질표시'라는 게 있다. 어떤 상품의 원산지, 품질, 원재료, 효능, 용도, 수량, 형상, 가격, 생산방법, 가공방법, 사용방법 또는 시기 등을 '성질표시'라고 한다. 별도의 개성을 지니지 못한 채 성질표시를 그대로 이름으로 만들면 '식별력'이 약해진다. 상표 등록을 할 수 없다는 말이다. 예를 들면, '초코파이'는 성질표시에 해당한다. '초콜릿(원재료)으로 만든 파이'. 어느 누구도 독점할 수 없는 이름이다. 자유경쟁시장에서는 어느 누구나 '초콜릿으로 파이를 만들 자유'가 있으니까. 그리고 그대로를 표현할 자유도 있다.

오리온이 초코파이를 출시했을 때, 이런 이름의 허점을 틈타 경쟁사들이 똑같은 '초코파이'를 만들어 팔았다. 처음 오리온 초코파이가 잘 팔리자, 롯데제과가 따라 만들어 팔기 시작했다. 오리온(동양제과)은 상표등록 취소소송을 제기했지만 패소했다. 지금까지 이야기한 '성질표시' 때문이다.

오리온 초코파이는 원조다. 원조는 늘 후발주자들에게 '기준점'이 된다. 경쟁사(롯데, 크라운)들은 오리온 제품의 패키지 디자인을 따라 했다. 오리온 초코파이가 파란색을 사용할 때엔 롯데, 크라운도 파란색을 사용했고, 이후 오리온이 빨간색으로 바꾸자 모두 빨간색으로 리뉴얼했다. 이른바 '미투(Me too)'전략이다. 남들이 하지 않는 유니크한 전략을 수립해서 완전한 차별화를 도모하는 것이 이상적인 전략이겠으나, 현실에서는 자기다운 독창적인 전략만이 훌륭한 전략이라고 할 수는 없다. 시장의 흐름을 읽고 매출을 높이기 위해서, 필요하다면 '미투' 전략도 구사해야 한다.

상표를 제대로 확인하지 않고 '초코파이'라는 글자만 보고 경쟁사 제품을 구매하는 사람들이 늘자, 오리온은 자기다운 브랜딩을 시작했다. 바로 '정(情)' 전략이다. '정(情)'은 '초코파이'만으로 상표를 등록할 수 없어 고민하던 오리온에 차별화의 돌파구를 마련해줬다. 이렇게 오리온 초코파이는 '정(情)'을 한가득 품게 되었다.

1979년. '정(情)'없던 초코파이 광고

기업에서 판매하는 제품의 문구, 디자인, 컬러 등 모든 요소들은 아무런 이유 없이 만들어지는 게 아니다. '정(情)'과 같은 단 하나의 글자라 해도, 경쟁자와의 관계, 시장에서의 리더십 등을 고려하여 자기 자리를 지키기 위한 전략적 판단을 통해 만들어진다. 마트에서 물건을 살 때 패키지 디자인을 잘 살펴보자. 어떤 이유와 전략에서 만들어졌는지 추론해보고 서로 대화를 나눠보자. 인터넷에 검색도 해보고 토론하다 보면, 보이지 않던 많은 것들이 보이기 시작할 것이다.

※ 초콜릿이, 정(情), 이라는 이름을 가지게 된 이유에 대해서 알아보자. 그리고

까스활명수와 까스명수

어느 날 편의점에서 찍은 소화제 사진이다. 까스 소화제의 원 조라는 '까스명수'는 1965년 탄생. 그 옆에 '부채표 까스활액' 은 1897년. 그럼 진짜 원조가 누구지? 까스명수는 삼성제약, 부채표는 동화약품의 상품이다. 궁금해서 SNS에 올리자 전문 가께서 답을 주셨다. 부채표 활명수가 소화제의 원조인데, 활 명수가 잘 팔리자, 삼성제약에서 탄산을 넣어 '까스명수'를 만 들었다는 이야기. 그렇게 까스명수가 인기를 얻으니 부채표에 서도 탄산을 넣어 '부채표 까스활명수'가 탄생했다고. 그러니 둘다 '원조'인 셈이다.

솔직히 두 제품의 효과가 얼마나 다른지는 잘 모르겠다. 이렇 게 실제 효과가 비슷해 보일 경우, 경쟁자를 이기려면 메시지 디자인에 매우 신경을 써야 한다.

두 브랜드의 라벨을 살펴보자. 언어는 시각언어와 문자 언어로 구분된다. '부채표'의 고유한 심볼(디자인), 'Since 1897'(태그라인), '까스活활액'(브랜드 네임), '까스소화제의 원조'(설득 슬로건), '1965년 탄생'(태그라인), '까스명수'(브랜드 네임). 라벨을 구성하는 이런 언어들은 알게 모르게 우리의 선택에 영향을 미치게 된다.

당신은 어떤 언어에 더 끌리는가?

리실러블 리드

동네 편의점에서 사게 된 한 음료수의 캔 뚜껑이 특이했다. 열었다가 닫을 수도 있는 뚜껑 손잡이였다. 검색을 해보니 '리실러블 리드(Resealable Lid)'라고 한다. '다시 봉인할 수 있는 뚜껑'이라는 뜻이다. 밀폐와 개봉을 동시에 할 수 있는 뚜껑. 신박했다. 내 아이는 이 음료수를 마시다가 뚜껑을 닫을 수 있으니 다 마시지 않고 냉장고에 보관했다. 보통 탄산 음료수를 캔으로 사면 한 번에 다 마실 수밖에 없다. 탄산이 빠지니까. 이 뚜껑으로 닫으니 탄산이 거의 빠지지 않았다. 3일간 냉장고에 보관해둬도 탄산이 잘 안 빠져서 괜찮게 마셨다.

탄산처럼 시간이 지나면 저절로 없어지는 것들이 있다. 의리, 우정, 사랑, 모든 게 영원할 것 같지만, 모든 감정은 탄산처럼 톡-하고 쏘다가 스멀스멀 사라진다. 사람 사이에 필요한 이런 감정에도 리실러블 리드가 있어야 할 것 같다.

치킨도 럭셔리 시대

배달을 시켰더니, 황금빛 패키지에 담겨온 치킨. 치킨엔 금가루까지 뿌려져 있다.
치킨계의 최고급 럭셔리를 지향하는 '치르메스'라고 한다.

"닭이 먼저냐, 달걀이 먼저냐?"

우린 이미 오래전, 이 해묵은 논쟁에 종지부를 찍었다. 정답은
'치킨'이다. 정년퇴직을 한 가장의 창업 아이템 1순위, 아이들

의 간식 서열 1순위, 많은 점에서 대체 불가한 아우라를 가진 존재. 우린 이 존재를 치킨이라 부른다.

20대 시절, 경영 전략을 공부하다가 '블루오션' 전략이라는 개념을 듣게 되었다. 기업에서는 모두 '블루오션'만 이야기했다. 블루오션은 굉장히 인기가 많은 핫 트렌드였다. '경쟁자가 많은 레드오션을 피하라. 경쟁자가 없는 청정구역에 가서 혼자 물고기를 잡아라!' 이런 이야기다. 성숙기에 접어든 시장에서 경쟁이 치열한 레드오션에 머물러 있지 말고, 가치를 혁신하여 새로운 수요를 창출하라는 것. 당시 이 전략과 정반대로 가는 두 개의 시장이 있었다. 떡볶이 시장과 치킨 시장이었다. 정말 많은 브랜드가 들어와 있는 시장인데, 어쩜 이리 잘 성장하고 있을까. 이 두 개의 레드오션은 늘 신기한 시장이었다. 그중 치킨 시장은 브랜드 시대로 진입하면서 가격이 비싸졌다. 지금은 치킨 한 마리 사 먹으려면 얼추 2만 원 정도가 든다. 그 정도로 치킨은 몸값이 비싸졌다. 치킨의 대명사 bhc그룹은 2022년 매출 1조를 돌파할 정도다. 치킨 매출만 포함된 실적은 아니지만, 이 회사가 1조를 돌파하는 데에는 분명 치킨의 힘이 작용되었으리라. 역시 '닭'도 '달걀'도 아니고, '치킨'이 먼저였다.

본격적인 브랜드 치킨 시장이 열린 이후, 우린 럭셔리 브랜드 치킨을 보게 되었다. '루이비통닭'을 들어본 적이 있는가? 루이비통의 디자인 패턴과 네임을 무단 도용한 사례로 상표권 소송에서 패한 브랜드다. '럭셔리 브랜드를 대놓고 베끼다니!' 나는 당시 그 대담함에 박수까지 쳤다. 비슷한 시기 '푸라닭'도 출시됐다. 배달을 시켰다. 패키지가 굉장히 고급스러웠다. 치킨이 이럴 필요까지 있는 것인가? 하는 생각도 잠시, 고급스러운 '치킨 환경'에 괜히 즐겁고 기분이 좋았다.

몇 년이 지났다. 최근 동료들과 먹을 치킨을 고르다 '치르메스'라는 브랜드를 발견했다. 치킨 + 에르메스. '역시 럭셔리하면 에르메스지!' 하는 사람들을 위한 치킨이다. 패키지는 온통 금빛이었고, 치킨엔 금가루까지 뿌려져 있었다. 럭셔리 치킨의 종지부를 찍은 듯했다.

럭셔리는 과연 무엇일까? 많은 이들이 '럭셔리는 화려한 것'이라고 생각한다. 뭔가 블링블링한 것을 럭셔리로 착각할 때가 많다. 아주 틀린 생각도 아니지만, 맞는 말도 아니다.

럭셔리(Luxury)는 라틴어 '룩수리아(luxuria)'에서 파생된 단어로, 룩수리아는 '넘침', '과잉'을 의미한다. 좀 더 나아가면 '풍요', '무절제', '방탕함'을 의미하기도 한다. 럭셔리의 근본은 바로 이 '과잉'에서 비롯된다. 대부분 신경 쓰지 않고 넘어가는 것을 '넘치게' 신경 써주는 것. 옷의 봉제도 대충 할 수 있는데, 그 방향과 촘촘함을 보다 '더' 신경 써서 만드는 것. 자동차는 잘 굴러가기만 해도 될 텐데, 차 문 닫히는 소리까지 세심하게 신경써서 운전자를 편안하게 해주는 그 태도, 이런 게 모두 '과잉의 태도'이고, '럭셔리한 태도'라 할 수 있다. 럭셔리 디자인을 위해서는 '넘치게' 발전시켜야 할 요소가 무엇인지 발견하려는 호기심과 탐구정신이 필요하다. 그런 의미에서 럭셔리의 본질은 '실험정신'이기도 하다.

고급스러운 분위기가 무조건 럭셔리한 것은 아니다. 인테리어나 조명, 디자인은 고급스러운데, 일하는 사람의 말투에서 교양이 발견되지 않거나, 주변 테이블에서 시끄러운 소리가 들린다거나, 음식이 생각보다 질이 떨어진다거나, 고급스러운 분위기에 맞지 않는 음악을 틀거나, 격이 안 맞는 그림을 걸어놓게 되면, 럭셔리함을 느끼기 어렵다. 이 모든 것들이 평균 이상으로 관리되어야 럭셔리하다고 할 수 있다.

대화에도 '럭셔리'한 대화가 있다. 자기 자신을 드러내기 위해 상대의 마음을 헤아리지 않고 공격하는 대화가 있는가 하면, 상대에게 도망갈 틈을 주면서도 이기는 대화가 있다. 상대를 신경 쓰지 않고, 무지막지한 말을 내뱉는 독설은 결코 럭셔리의 본질에 다가가지 못한다. 상대의 기분까지 '넘치게' 헤아려야 럭셔리해질 수 있다. 독설은 그 순간 인기를 끌지 모르나, 독설가가 영원히 자기 편을 남기기는 어렵다. 자기를 존중해줄 럭셔리한 대화를 싫어할 사람은 없다.

그러고 보니, 저 황금빛 패키지와 금가루가 '럭셔리'의 본질은 아니라는 생각이 든다. 치킨의 원재료인 닭의 품질을 더 챙기고, 그 보관, 배송 상태 등을 더 신경 쓰고, 소비자의 먹는 취향에 맞춰 부위를 세분화하고, 함께 먹는 반찬을 좀 더 신경 써서 가공하고, 먹을 때 손에 묻지 않게 먹는 도구를 더 신경 써주는 것, 그런 게 더 럭셔리한 태도가 아닐지. 물론, 블링블링한 치킨을 받을 때, 먹기 전부터 기분이 좋아졌다는 걸 굳이 감추고 싶진 않다.

더운 데로 임하소서, 코카콜라

콜라를 썩 좋아하지는 않는다. 1년에 마시는 횟수도 손꼽아 셀 수 있을 정도다. 코카콜라가 신이라면, 나는 신앙이 없는 편이다.

지난해 베트남 출장길, 일을 마치고 거리로 나갔다. 30도가량의 무더운 날씨. 좀처럼 땀을 흘리지 않는 나도 무척 덥고 힘들었다. 그때 길가에 있던 코카콜라 광고판이 신의 계시처럼 다가왔다. 빨간 심볼은 교회 십자가처럼 보였다. 그러자 베트남어로 된 광고문구는 감히 뜻을 파악하기 어려운 신의 계시이자, 복음의 메시지가 되었다. 콜라병을 친구 뺨에 대며, 이 복음을 전파하는 저 소녀. 어릴 적 나도 내 얼굴에 음료수병을 자주 대곤 했는데, 크면서 까마득히 잊었던 장면이다.

이 광고를 보자마자, 코카콜라를 마셔야겠다고 생각했다. 콜라의 시원한 온도와 청량감, 어릴 적 향수까지 동시에 떠오른다. 그 순간만큼은 코카콜라에 대해 누구보다도 신실한 신앙을 갖게 됐다.

힙스터 반가사유상

팬데믹을 거치며 휴관을 반복하던 국립중앙박물관. 2021년 말 리모델링을 마치고 '사유의 방'을 선보였다. 사람들의 찬사가 쏟아졌다. 통상 구매할 게 없는 박물관 굿즈샵과는 달리, 재미있는 굿즈도 많이 준비돼 있다. 코로나 이전부터 이미 '국립굿즈'라는 칭호를 얻을 정도로, 디자인 역량을 강화하고 있다. 최근 내 눈에 들어온 굿즈는 '내가 그리는 반가사유상'이다. 진열돼 있는 견본 제품이 완전 취향저격이다. 23번이라니!! 마이클 조던의 이 번호는 보기만 해도 가슴이 뛴다. 마이클 조던과 반가사유상의 결합은 정말 신선했다. 디자이너가 누굴까. 완전 센스 터진다.

pes of esoteric w

rks correspond to

monosyllable" b

"phlizz" or "sna

gs about the co

the "Jabberwoc

at work in th

serie

세계에 둔감하지 않으려면
모든 언어에 애정을 두어야 한다.

언어의 빈칸

단답식 언어와 에둘러 말하기 : 언어의 효율을 높이기 위해선, 길고 복잡하게 쓰인 책보다 훨씬 더 간결한 언어가 필요하다. 광고 카피, 음료수 병 라벨 디자인, 유행어, 포스터, 브로슈어, 리플렛, 간판, 짤막한 슬로건과 같은 형식이 더욱더 개발되어야 한다. 이러한 언어는 보다 재빠르고 유연해서 일상을 잘 포착해낸다. 이런 신속한 언어는 언제나 곁에 두고 익숙해져야 한다.

하지만, 이러한 단답식 언어에만 길들여지면 언어 이면의 진짜 복잡한 세계에 다가가기 어렵다. 세계는 핵심 키워드 몇 개로 설명되는 그런 효율성의 집합이 아니다. 사태를 보다 풍성히 들여다볼 수 있도록 안내하는 다양한 에둘러 말하기가 필요하다. 간결한 요약과 단답형 말하기는 가능성의 빈칸을 차단한다. 이런 언어는 자신의 '단답'에 포함되지 않는 수많은 가능성의 흔적을 배제한다. 요약되지 않은 건 무의미로 치부하게 된다. 둔감한 언어다. 둔감하다는 건, 세계의 어떤 일에도 감탄하지 않는 상태를 말한다. 모든 걸 무의미로 간주하는 상태다.

흔히 음악은 리듬, 멜로디, 하모니 등 3요소로 구성돼 있다고 한다. 하지만 음악은 리듬, 멜로디, 하모니의 결합 그 이상이다. 각 음표의 조합이 만들어내는 이 아날로그적 실체는, 그 음표 안에 본질이 있지 않다. 음표와 음표 사이에 그 본질이 있다. 언어도 마찬가지다. 요약된 단어와 단어 사이, 그 빈칸에 본질이 있다.

언어는 키워드의 결합 그 이상이다. 사람의 말과 글뿐 아니라 음악, 건축, 패션, 표정, 회화 등 다양한 기호체계를 통해 에둘러 말해야 하는 의미의 연쇄체다. 세계에 둔감하지 않으려면 모든 언어에 애정을 두어야 한다. 신속한 언어부터 느릿느릿한 언어에 이르기까지. 그래야 그 빈칸을 제대로 응시할 수 있다.

사명당과 모베러웍스

일루미나티(illuminati)의 앰비그램. 180도 뒤집어도 '일루미나티'로 읽힌다.

임진왜란 중 의병을 이끌고 왜적을 물리치는 데 온 힘을 쏟은 조선의 승려, 사명당. 그의 기개와 지혜는 왜군들을 두렵게 했다고 한다. 어느 날 왜군이 사명당을 맞이하고자 문을 만들었다. 그 문 위에는 '시문(是門)'이라고 크게 적혀 있었다. 옳을 시, 문 문. '옳은 것을 볼 줄 아는 자가 지나는 문'. 사명당에 대한 존경심이 담긴 표현이었다. 하지만, 사명당은 이 문을 보자마자 크게 노여워하고 왜군을 혼냈다고 한다.

"어찌 나를 아랫사람 취급하느냐."

순식간에 사명당은 '시문(是門)'이라는 글자를 '파자(跛字)'하여, '시문(是門)'을 '일하인문(日下人門)'으로 해석한 것이다. '일본인 아래 사람(지배하에 있는 사람)이 지나는 문'. 사명당의 지혜를 이야기할 때 종종 등장했던 이야기다. 사실 여부는 잘 모르겠다. 다만 어릴 적 들은 이 이야기를 아직도 기억하는 건, 바로 '파자(跛字)'라는 흥미로운 놀이 때문이다.

글자를 쪼개고 재배치하여 새로운 의미를 만드는 이런 유희는 서양에도 있었다. 역사비교언어학의 천재였으며, '기호학(Semiotique)'의 가능성을 설파한 페르디낭 드 소쉬르(Ferdinand de Saussure). 그 역시 말년에 '애너그램(Anagram)'이라는 언어유희 기법을 활용한 적이 있다. 언어는 그 신화적 흔적을 담고 있다는 전제하에, 단어를 쪼개어 재배치하면서 새로운 의미를 찾으려 노력했던 것이다.

---

* 글자를 깨뜨린다는 뜻으로, 한자를 최소 의미단위로 쪼개어 새로운 의미를 만들어내는 언어유희

'Revolution(혁명)'이라는 단어를 쪼개면 r, e, v, o, l, u, t, i, o, n이라는 철자를 얻게 되고, 이 철자를 재배열하면 'to love ruin(파괴를 사랑하는 것)'이라는 구절을 얻게 된다. '혁명은 파괴를 사랑하는 것'이라는 의미가 발생된다. '애너그램'은 다시 (ana), 단어(gram)를 배치하여 새로운 의미의 가능성으로 나아가는 기법이다.

이렇게 단어를 여러 가지 방식으로 뒤틀고 재조합하는 또 다른 기법이 존재한다. 팔린드롬(Palindrome). '우영우', '토마토', '기러기', '스위스'처럼 거꾸로 읽어도 똑같은 말을 팔린드롬이라고 한다. "Was it a cat I saw?" 이 문장 역시 팔린드롬이다. 앰비그램(Ambigram)이라는 기법도 있다. 180도 뒤집어 읽어도 똑같이 보이도록 디자인된 단어를 앰비그램이라고 한다. 앰비그램은 영화 〈천사와 악마〉에서 주요 소재로 쓰였다.

이렇게 말을 가지고 노는 말장난에는 비슷한 발음을 가지고 다른 의미를 이끌어내는 '펀(Pun)'이라는 것도 있다. 우리 식으로 하면 일명 '아재개그'다.

"Caesar salad, please."(시저 샐러드 주세요.)
"Scissor salad? You'll cut your mouth!"(시저 샐러드요? 입 잘릴려고 그래요!)

'Caesar'와 'Scissor(가위)'의 발음이 거의 비슷한 점을 착안해 말장난을 한 것이다.

온라인상에서는 거의 매일 신박한 언어가 만들어진다. 정말이지 사람들의 조어 능력은 매우 탁월하다. 지금까지 말한 기법들을 포함해 상상을 초월하는 재밌는 표현들도 많이 등장한다. 가장 쉽게 볼 수 있는 표현은 '말줄임'이다. '최애(최고로 애정하는)', '혼코노(혼자 가는 코인 노래방)', '답정너(답은 정해져 있고 너는 대답만 하면 돼)' 같은 식이다. '낄끼빠빠(낄 때 끼고 빠질 때 빠져라)', '빼박캔트(빼도박도 + 못한다[Can't])'도 오래된 말줄임 조어다.

말을 줄여 표현하는 브랜드 네임도 이제는 자연스럽게 느껴진다. More Better Works. 과거엔 '모어 베러 웍스'로 표기해야 했다면, 이젠 '모베러웍스'로 표기하는 게 더 자연스러워 보인다. 'SSG'도 /에스 에스 지/라고 읽지 않고, /쓱/이라고 읽어버린다. 이런 방식이 Z세대다운 방식이라는 고정관념 때문인지, 어색한 신조어 네임이 마구 등장했다. 뜰(LTE를 세로로 합쳐서), 지금(ZGM), 주름(Zurm)….

공동체가 지켜야 할 언어의 문법, 모두의 머릿속에 들어 있는 언어의 문법을 '랑그(Langue)'라고 한다. 그 랑그를 기반으로

각자의 역량에 따라 수행되는 실제 언어행위를 '파롤(Parole)'
이라 한다. 랑그가 이상적 언어 체계라면, 파롤은 사람의 수만
큼 다채로운 현실적 언어행위다. 랑그가 공적인 언어라면, 파
롤은 사적인 언어다.

'나무'라는 단어는 사람의 말투, 억양, 방언, 속도, 발음의 미묘
한 차이에 따라 수많은 '나무'로 불린다. '나무'의 수많은 파롤
이 존재하는 것이다. 말장난을 포함한 다양한 언어 기법들은
파롤의 증식을 부추긴다.

정해진 방식으로만 말하고 쓰길 원하는 문법주의자들은 새롭
게 등장하는 파롤의 가능성에 의심의 눈초리를 보낸다. 문법
주의자들은 줄임말이나 유행어, 말장난 등을 두고 언어 파괴
니, 왜곡이니 할지 모른다. 하지만, 너무 심각해지지 말자. 잠
시 웃고 넘겨도 좋을 장난이다. 삶의 모든 영역을 '심각'하고
진지하게만 볼 필요는 없다. 심각한 표정으로 있어야만 삶을
진지하게 대하는 것은 아니다. 상상하지도 못했던 다양한 파
롤들을 보고 잠시라도 웃으면 그 역시 행복을 더하는 방법 아
닐까.

젠틀맨과 빌런

〈젠틀 빌런〉, Designed by 최장순,
Manufactured by MidJourney ; 2023.05.05

마블, 어벤저스 광풍이 휩쓸고 갔던 해를 기억한다. 마블 마니
아가 아닌 나 같은 사람한테도 마블 세계관은 굉장히 흥미로
운 스토리 소스였다. 마블의 연속된 히트작 덕분에 초등학생
들까지 저절로 알게 된 단어가 있다. 바로 '빌런'이라는 단어
다. Villain. 빌런은 '악당', '범죄자'라는 의미다. 왜 악당을 "빌
런"이라고 불렀을까.

기본적으로 언어는 자의적(Arbitrary)이다. 지금 내가 앉아 있
는 의자를 "의자"라고 부를 이유는 없다. 최초로 "의자"라고
불렀을 어떤 사람이 '의자'가 아니라 '거자'라고 불렀고, 나머
지 사람들이 합의를 했다면 'Chair'는 '거자'라고 번역됐을지

모른다. 모든 단어는 저마다의 세계와 역사를 지닌다. 그 역사는 때론 알기 어렵다.

'빌런'의 역사를 찾아봤다. 'Villain'은 원래 '농민'을 의미했다. 봉건영주에게 귀속돼 자유를 박탈당한 예속농민. 낮은 지위를 죄악시하는 인식 때문에 '농민'은 '악인'이 됐다. '젠틀맨'은 그 대척점에 서 있다. 토지를 소유한 상류층 계급이었던 '젠트리(Gentry)'를 의미했는데, 신분과 미덕은 동일시되고, 이 단어는 '신사다운'이라는 긍정적 단어로 변모한다. 언어의 의미와 가치 변화를 촘촘하게 추적할 필요가 있다. 한 단어라도 생각 없이 받아들이면, 누군가를 소외시키는 프레임의 덫에 빠지게 된다.

망원동의 음유 시인

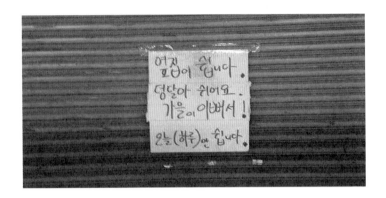

핸드폰 사진첩을 뒤지다 오래된 사진을 발견했다. 망원동 월드컵시장에서 찍은 사진이다.

옆집이 쉽니다.

덩달아 쉬어요.

가을이 이뻐서!

오늘(하루)만 쉽니다.

정말 이쁜 말이다. 휴머니즘을 이야기하는 지식인들의 두꺼운 책보다 이런 신속한 언어들이 훨씬 더 강한 감동을 준다. 경기가 어렵다. 양극화는 점점 심해져간다. 요즘은 이런 이쁜 말들을 생각하기 어려운 야속한 시절이다.

굳이 말하지 않아도

몇 년 전, 푸켓 클럽메드에서. 메모장에 "Thank you" 메시지와 함께 귀여운 그림 하나를 그리고 팁을 두고 나왔더니, 메이드 분께서 수건 센스를 시전해주셨다. 숙소에 복귀하고 이 '작품'을 보자마자 마음이 훈훈해졌다. 굳이 말로 하지 않아도 마음을 전하는 방법은 많다. 언어의 빈칸을 반드시 말로 채울 필요는 없다.

AI 디자이너,
미드저니(MidJourney)

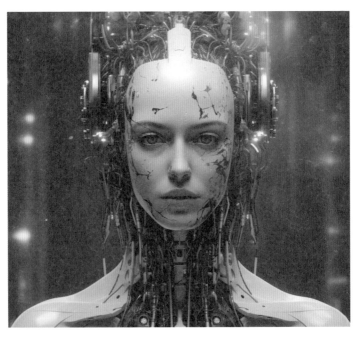

〈AI 디자이너〉, Designed by 최장순,
Manufactured by MidJourney ; 2023.05.05

제이슨 앨런이라는 미국의 게임 디자이너는 인공지능 디자인 프로그램을 이용해 한 미술전에서 1등상을 거머쥐었다. 이 디자인 프로그램은 키워드를 입력하면, 알아서 그림을 그려주는 인공지능을 탑재하고 있다. 그러니 사실상 제이슨 앨런이 한 일은 키워드를 입력한 것뿐이다.

인공지능 프로그램으로 쉽게 생산한 작품이 1등을 하게 되자, 한동안 논란이 일었다. 예술은 끝났다, 디자이너의 역할은 어디까지인가, 저작권은 누구에게 있는 것인가 등 다양한 관점의 인문학적 이슈가 등장했다.

이 논쟁적 프로그램, '미드저니(MidJourney)'를 사용해봤다. 월정액을 지급하고 몇 달을 사용했다. 많은 생각이 들었다.

'사람보다 훨씬 나은데?'
'이렇게 빠른 속도로, 이렇게 멋진 작품을 만들 사람이 있을까?'

키워드를 입력하면 20~30초 만에 디자인 네 컷이 만들어진다. 그중 하나를 선택해서 정교화할 수 있다. 정교화 역시 기계의 몫이다. 사람은 그저 버튼을 클릭하기만 하면 된다. 키워드를 구체적으로 입력하면 할수록, 디자인도 구체화된다. 다만, 기계가 학습한 언어여야만 그릴 수 있다. 가령 '이순신'이라는 키워드를 넣으면, 아직 이순신을 학습하지 못한 이 기계는 일본의 한 여성 얼굴을 생산해냈다.

미드저니로 디자인을 하는 과정은 마치 클라이언트가 디자이너에게 작업을 부탁하는 방식을 닮아 있다. 이런저런 디렉션을 키워드로 주면, 디자이너가 그리는 것처럼, 디자이너의 역할을 미드저니가 대신한다.

미드저니에 '부탁'했다.

"세상이 끝나는 날, 유령 같은 마을 분위기, 밤 시간, 사과나무를 그려줘. 르네 마그리트와 에드워드 호퍼의 풍으로, 초현실주의적으로!"*

 30초 정도가 지나자 다음과 같은 그림 4컷이 출력됐다.

---

* 실제 명령어 키워드는 다음과 같다 : the end of the world, spinoza, apple tree, ghost village environment in the city, night time, detailed and intricate environment, isaac newton, art by rene magritte, edward hopper, matte painting, sharp focus, hyper realistic, Designed by Choejangsoon, Maufactured by MidJourney ; 2022.09.20

〈세기말의 사과나무〉, Designed by 최장순,
Maufactured by MidJourney ; 2022.09.20

이번에는 다른 부탁을 했다.

"베놈과 배트맨을 합쳐줘. 울트라 초현실주의적으로!"

'미드저니'는 보다 빠른 속도로 그림을 완성했다.

〈Vetman〉, Designed by 최장순,
Maufactured by MidJourney ; 2022.09.20

이 그림은 누구의 작품인가. 미드저니를 단순 '도구'로 생각한
다면, 이 작품은 나의 것이다. 미드저니가 키워드에 연결된 여
러 이미지들을 조합할 때, 그 이미지들이 이미 누군가의 저작
물이라고 한다면, 사안은 보다 복잡해진다. 타자의 작품을 변
형 조합하는 것과 독창성의 관계를 더욱 유심히 살펴야 할지
도 모른다.

향후에는 인공지능에 자기의식이 생길지 모르겠지만, 아직 이

인공지능 디자인 프로그램은 단순 '도구'에 지나지 않는다는 생각이 든다. 그래서 이 작품들은 기계의 디자인이 아니라, 나의 디자인이라고 생각한다. 전체 분위기, 주제, 소재에 대한 핵심적인 기획을 키워드로 정리한 건 나다. 인공지능은 그 키워드의 조합대로 단순 프로세스를 돌렸을 뿐이다. 그래서 'Designed by 최장순, Manufactured by 미드저니'라고 표현하는 게 정확한 표현일지 모른다.

무엇보다 확실해진 건, 디자이너는 더 이상 도구를 써서 직접 그리는 사람만 포함하는 개념이 아니라는 점이다. 이 도구는 디자이너의 일러스트 역량을 넓혀줄 수 있다. 디자이너는 컨셉만 기획하고, 정교한 이미지를 직접 그리지 않아도 훌륭한 작품을 얻을 수 있다.

이러한 맥락에서 디자인에 필요한 건 그림 실력이 아니라, 다양한 컨셉을 기획하고 정리할 수 있는 '언어의 힘'이다. 미드저니는 디자인의 생산과정과 그 결과에 있어 새로운 가능성을 더해준다. 아직까지는 인공지능으로 인간은 직업을 잃게 될 거라든지, 기계와 인간의 대립 구도에서 결국 기계가 승리할 거라든지 하는 모든 디스토피아적 발상은 힘을 얻기 어려운 것 같다.

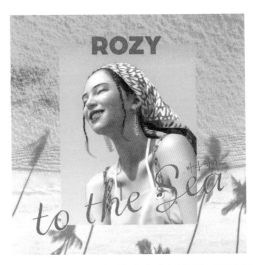

로지의 싱글 앨범 재킷. 그녀가 처음 나올 때, 난 꽤나 개성 있는 신인이라 생각했다.
그런데 가상 인간이라니! 왠지 아쉬웠다. 참으로 이상하지 않은가.
실제 살아 있는 '사람 연예인'이나 '가상 인간 로지'나, 내가 만날 수 없기는
매한가지인데 말이다. 로지는 영원히 스물두 살이다.

우린 19세기 초의 '러다이트(Luddite)'를 기억한다. 기계를 파괴하라! Rage against the machine! 기계에 분노를! 분노로 포장된 감정의 실체는 '두려움'이었다. 기계를 두려워하는 인류의 솔직한 감정이 고스란히 드러난 사건이었다. 이제 러다이트는 없다. 지금 기계에 대한 인류의 생각은 '두려움'에서 '공존'으로 바뀌는 듯하다. 기계와 공존하는 시대. 이 글도 맥북을 켜고 손가락 타이핑을 통해 기계로 쓰고 있다. 심지어 기계가 사람 대신 CF 모델이 되기도 한다.

가상 인간 '로지'는 2021년 한 해만 15억 원 정도의 수익을 냈

다고 한다. 수익을 냈다는 이야기는 사람들이 그녀를 찾고 있다는 말이고, 거부감이 없다는 의미다. 게다가 이 '기계'는 사람처럼 스캔들에 휘말릴 염려도 없어 광고주들도 로지를 고려하게 된다.

인공지능에 대한 인류의 욕망은, 기계를 '공존'의 대상에서 '구원'하는 주체로 탈바꿈시킨다. 영화 〈문폴〉에는 두 가지 인공지능이 등장한다. 착한 인공지능과 인류를 파괴하려는 악한 인공지능. 착한 인공지능은 지구 주위에 인공위성을 설치해 인류를 구하고자 했다. 과거 〈터미네이터〉 역시 착한 인공지능과 악한 인공지능의 대립구도로 전 세계인의 사랑을 받았다. 인류를 구하기 위해 파견된 인공지능 로봇은 영원히 반복될지 모를 모티브다. 인공지능에 대한 인간의 두려움을 달래려는 일종의 진정제다. 기계에 대한 이런 두려움에도 불구하고, 지금 인류는 기계를 키우고 있다. 아이에게 언어를 가르치듯, 기계에게 인간의 언어를 학습시키고, 인간의 일을 맡기고 있다. 인공지능에 대한 입장이 다르다 해도, 우린 이미 많은 것을 기계에 의존하고 있다. 미래를 유토피아로 볼지, 디스토피아로 볼지 그 입장은 중요하지 않다. 이미 우리는 기계와의 공존을 선택해 그러한 일상을 기획하고 있으니까.

'미드저니(MidJourney)'라는 이름처럼, 아직 우린 기계와의 여정에 있어 그 중간 어딘가에 있는 것 같다. 이 여정의 도착지는 어디일까? 아직 미완의 어린이 같은 인공지능 툴 하나를 써봤을 뿐인데, 기계는 인간의 영역을 통째로 모방하고 더 나은 생산물을 만들어낼 수 있겠다는 생각이 들었다. 이를 두려움으로 받아들일 것인가, 또 다른 가능성으로 받아들일 것인가? 나는 가능성으로 받아들일 생각이다. 그 가운데 인간만의 영역을 찾아 더욱 단단한 존재가 되고 싶다. 러다이트는 어쩌면 옛 역사에서나 찾아볼 수 있는 고전적 클리셰로 남을지 모른다.

Designed by 최장순,
Maufactured by MidJourney. 2022.10.05 ; 생택쥐페리의 어린 왕자는 어떻게 생겼을까?
어린왕자의 얼굴을 그려달라는 부탁에, 인공지능은 이런 모습을 보여줬다.
난 이 얼굴을 보며, 순수한 동심의 순간을 떠올리며 위로를 받는다.

[급구] 디자이너 구함

지난해 내가 올린 채용 광고 이미지다. 회사 디자이너들이 바빠서, 채용 공고 디자인을 부탁할 수 없었다. 읽고 있던 신문에 급하게 낙서를 하고 인스타그램에 업로드했다.

[채용] LMNT 2023 BX 디자이너 모집

디자이너들이 매우 바쁩니다.

얘들아 맘에 안들겠지만, 그냥 내가 공고 만들었다.

자세한 내용은 프로필 링크

무조건 새로운 이미지를 만들어 광고를 해야 한다는 고정관념을 버리자. 메시지만 제대로 전달하면 되지 않을까. 이 광고를 보고 많은 분들이 지원해주셨다. 심지어 한국말을 잘 못하는 외국인들까지도.

감나무와 사과나무

출처 : 구글

서양 지성사를 대표하는 과일이 있다. '사과'다. 창세기에서 이 브가 뱀에게 꾀여 한 입 베어 먹은 열매는 통상 사과로 여겨진 다(아담과 이브는 사과를 먹고 자신이 동물과 다른 존재라는 걸 깨닫게 된다). 사실무근으로 밝혀졌지만, 스피노자가 지구 가 망한다면 반드시 심겠다는 나무도 사과나무다. 이 스토리 는 마틴 루터 버전으로 되살아난다.* 또 이 과일은 앨런 튜링 이 스스로 목숨을 끊을 때도 등장한다.** 사과는 '깨달음', '생 명'을 상징한다. 주식시장을 들었다 놨다 하는 '애플(Apple)' 역시 한 입 베어 먹은 사과다. 서양인들에게 '사과'는 매우 의

---

* 지구의 종말 앞에서 사과나무를 심겠다는 건 스피노자의 말이 아니라, 마틴 루터가 쓴 일 기장 속 문장이라는 루머가 있다.

** 최초의 컴퓨터를 발명한 천재 수학자 앨런 튜링은 청산가리가 주입된 독사과를 먹고 자 살했다는 이야기가 전해진다.

미 있는 존재다.

전통 조경을 볼 때마다 종종 눈에 들어오는 나무가 있다. '감나무'다. 감은 겉과 속 색깔이 똑같은 과일이다. 표리부동하지 않다. 그러니 선비로서 마음의 '중(中)', '심(心)'을 잡아 '충(忠)'을 지키라는 상징이 된다. 또 감나무 잎은 넓어서 글씨를 연습하기 좋다. '문(文)'이 있다. 나무는 단단하여 화살촉으로도 쓰이니 '무(武)'를 겸비하고 있다. 겨울에도 열매를 달고 있으니 그 꿋꿋함이 있다. '절(節)'이다. 물렁물렁해진 홍시는 치아가 없는 노인도 먹을 수 있어 '효(孝)'가 있다고 한다. 선조들이 감나무를 '문무충절효'를 갖춘 '오절수'라 부른 것도 이해가 된다. 그러고 보니, 신화에 의존해 사과의 의미를 규정지어온 서양의 스토리텔링과 감나무의 속성을 면밀히 관찰하고, 삶에서 감나무를 활용하는 방식까지 고려한 조선의 스토리텔링은 그 깊이와 공감대가 다르다. 이 경우에는 우리 선조들의 스토리텔링에 더 높은 점수를 주고 싶다.

안티갈 우노 말벡

출처 : 안티갈 홈페이지

와인을 만화책으로 배운 나는 어디 가서 와인에 대해 아는 척
을 잘 하지 않는다. 아니 못 한다는 게 맞는 표현이다. 그래도

마시면 마실수록 내게 맞는 와인과 그렇지 않은 와인을 조금씩 구분하게 되고, 아는 만큼 보인다고 시간이 지남에 따라, 예전에는 머리에 입력되지 않던 소믈리에의 설명들이 조금씩 들어오는 것 같은 기분이다.

최고급 와인을 마신다 해도 왜 이 가격이 합당한지 정확히 설명할 능력이 없는 나는 그저 가성비를 중심으로 와인을 고르게 된다. 몇 가지 단골 리스트 중 병의 라벨을 안 보고도 그릴 수 있는 유일한 와인이 있다. '안티갈 우노 말벡'. 모처럼 여유가 생겨 집에서 와인을 마실 때도, 누군가에게 와인을 선물할 때도 부담이 덜한 와인이다.

안티갈(Antigal) 와이너리에서 만든 이 아르헨티나 와인은 2011년 빈티지부터, 〈와인 스펙테이터〉를 비롯한 여러 와인 평론지에게서 90점 내외의 우수한 점수를 받았다. 치킨, 스테이크, 육포, 파스타 등 음식과 적절한 마리아주(Marriage, 와인과 음식의 궁합)를 이룬다. 디캔팅을 하면 더 깊은 맛이 나오는 가성비 좋은 와인이다. 무엇보다 이 와인의 장점은 이름을 외우기 쉽다는 것. '우노(Uno)'는 숫자 '1'을 의미한다. '말벡'은 포도의 품종. 안티갈 우노 말벡은 '안티갈 와이너리에서 말벡으로 만든 시그니처 와인'이라는 의미다. 게다가 보틀엔 숫자 '1'이 큼지막하게 돌출돼 있어 멀리서도 이 병을 구분할 수 있다.

디자인이 쉽고 예뻐서 선물용으로 그만이다.

분명 이런 디자인은 일반 스티커 라벨보다 돈이 많이 들 것이다. 그래서 언제든 와이너리에서는 저 돌출형 디자인을 없앨 수도 있겠다는 생각이 든다. 돌출형으로 부착된 숫자 1이 사라지면, 나는 분명 이 와인을 구매하지 않을 것이다. 보틀의 외관을 바꾼다고 와인의 본질이 사라지진 않겠지만, 내가 기대하는 감성은 분명 사라질 테니까. 그리고 나를 포함한 많은 사람들은 맛에 민감한 소믈리에와는 거리가 먼, 그저 적당히 와인을 즐기는 사람들이다. 풍미의 본질에만 집착할 이유가 없다. 제품의 본질과는 상관없어 보이는 패키지 외관, 심지어 스티커 하나까지도 쉽게 바꾸면 안 되는 이유다. 굳이 패키지를 바꾸려 한다면, 사람들이 기억하는 그 제품에 대한 이미지를 총체적으로 확인한 후, 사랑받았던 요소를 유지한 채, 조금씩 변화를 시도하는 게 바람직하다.

인지도가 높아지고, 매출이 어느 정도 늘기 시작하면 디자인부터 바꾸는 가게들이 있다. 예전에 인기를 끌던 어느 허름한 밥집은 돈을 벌자 가게를 현대식으로 리모델링했고 매출이 떨어지기 시작했다. 그 가게는 아들이 물려받은 데다, 보다 젊은 손님을 많이 모셔야 한다는 명분하에 내부 공간을 모던하게 디자인했다. 간판도 현대식으로 바꿨다. 이제는 젊은

이들은커녕 어른들도 가지 않는 식당이 됐다. 원래 그 가게를 찾던 이유가 전통 국밥의 맛 때문만이 아니었음을 알아야 한다. 그저 7천 원짜리 국밥의 맛을 구매하러 간 것이 아니라, 허름한 분위기 속에서 느껴지는 '향수'와 '옛날 정취'를 느끼러 그 가게에 갔던 것이다. 제품력(국밥의 맛) 외에도 사람들과 정서적으로 교감을 이루는 요소(식당의 분위기)를 무시하면 안 된다.

트로피카나 오렌지 주스 패키지 디자인. 왼쪽은 변경 전 패키지. 펩시코는 2009년 오른쪽의
디자인으로 변경했다가 소비자들의 비난과 항의를 이기지 못하고,
두 달 만에 예전 패키지로 되돌린다고 발표했다.

'현대화의 덫'에 빠진 건 이런 식당들만이 아니다. 트로피카나

(Tropicana) 역시 대표적 사례다. 트로피카나는 전 세계적으로 유명한 과일 주스 브랜드다. 국내에서는 롯데칠성이 자체 스파클링 음료수에 빌려 쓰고 있는 상표다. 상표 로열티는 펩시코에 지불된다.

펩시코는 2009년 '현대화(Modernize)'라는 명분으로 트로피카나 패키지를 변경했다. 패키지를 변경하자마자 많은 소비자들의 비난을 받았다. 가장 큰 문제는 마트 매대에서 트로피카나를 알아볼 수가 없다는 것. 지금처럼 디지털로 배달을 시키는 시대가 아니었던지라, 오프라인에서 눈에 띄지 않는 포장 디자인은 크게 불리할 수밖에 없었다.

오렌지에 꽂힌 빨대 디자인은 '신선하고 자연에 가까운' 이미지를 주었고, 사람들은 그 오래된 디자인에서 친근함을 느꼈다. 하지만, 리뉴얼 이후 그런 익숙한 감성은 사라졌다. 리듬감 있게 디자인된 'Tropicana' 서체는 '현대적'이라는 명분 하에 단조롭게 재배열되었고, 패키지 전면에 있는 다소 복잡한 오렌지잎, 빨대, 디자인 모티브는 모두 미니멀하게 정돈되었다. 패키지의 뚜껑 부분이 오렌지 모양으로 바뀌었고, 그 하단에 'Squeezed from fresh oranges(신선한 오렌지에서 짜냈어요)'라는 문구가 추가되었다. 요즘 디자이너들이 좋아하는 미니멀한 디자인이다. 군더더기를 허용하지 않으려는 '깔끔한' 디자인. 누군가의 심미적 기준에서는 더 훌륭한 디자인인지는 모르겠으나, 기본적으로 매출을 떨어뜨리면서 디자인의 훌륭함을 논하기는 어려울 것 같다. 아무리 훌륭한 디자이너의 디자인이라 해도, 매출이 오르지 않거나 설상가상 매출까지 떨어뜨리면, 좋은 디자인이라 말할 수 없다. 기본적으로 디자인은 상업적이기 때문이다. 트로피카나의 '오렌지+빨대'는, 안티갈 우노 말벡의 '1'과 같은 본질적인 디자인 요소이며, 이러한 본질적인 이미지를 건드릴 때에는 매우 신중해야 한다.

지금 보니, 내가 안티갈 우노 말벡을 사 마시는 이유가 그 맛 때문인지, 숫자 '1' 때문인지 헷갈린다. 오늘 퇴근길 와인샵에 가서 다시 한 번 확인해봐야겠다.

싸지롱, 합리적인 커피 싸롱

대전 재래시장 내 한 커피 살롱. 시장은 한산했다. 활기가 느껴지지 않았다. 시장통을 걷다가 커피가 필요해 로컬 카페를 찾았다. 그때 눈에 들어온 '싸지롱'. 레트로한 느낌이 물씬 풍기는 이곳은 살롱도 아니라 '싸롱'이고, 가격까지 착해서 급기야 '싸롱'에서 '싸지롱'이 돼버렸다. 코로나로 침체된 시장 분위기 속에 '싸지롱'은 쾌활한 어조로 말을 건다. 아직 이 시대에 유머가 남아 있다고. 너무 축 처지지 말고, 커피 한 잔 마시고 다시 기운 차리라고. 간판 언어 하나가 축 처진 시장의 분위기를 밝고 명랑하게 바꿨다.

보이지 않는다고
사라진 것이 아니다.

시대의 빈칸

시대는 3단 서랍장 같다는 생각을 해본다. 어릴 적 우리 집 3단 서랍장에는 1단에 내 옷, 2단에 동생 옷, 3단에 아버지와 어머니의 옷이 있었다. 이 서로 다른 세대가 한 세트로 존재하는 3단 서랍장처럼, 시대는 이렇게 다양한 세대가 공존해, 과거와 현재, 미래를 함께 공유할 수 있는 발명된 개념이 아닐까 싶다. 같은 시대를 마주한 사람들끼리, 최소한 공유해야 할 정신이라는 것은 어떻게 표현할 수 있을까? 아니 시대정신이라는 것은 어떻게 알아볼 수 있는 것일까? 시대정신이 객관적으로 확인될 수 있는 것일까?

어쩌면 시대정신은 그리 거창한 게 아닐지 모른다. 시대정신을 낡아빠진 인테리어에서 발견할지도 모르고, 밤새 켜져 있는 간판에서 읽어낼지도 모른다. 또 브랜드의 색상에서 시대정신을 찾아볼 수도 있다. 아티스트의 그림에서, 브랜드의 캠페인에서, 과거 그대로 멈춰버린 철물점에서도 시대의 흔적을, 시대정신을 찾아볼 수 있지 않을까? 시대를 살아가는 한 사람으로서, 시대정신을 확인하고 싶은 호기심 많은 한 시민으로서, 오늘도 이곳저곳을 기웃거리며 그 빈칸에 남겨진 작은 정신의 조각들을 살펴본다.

망리단길 철물점 천양사

잘 이해가 되지 않는 비즈니스가 있다. 철물점이다. 시대는 바
꾸고 모든 풍경이 달라졌는데도, 동네 철물점과 지물포는 왜

그대로인가? 디자인만 그대로가 아니라, 물건을 관리하는 방식, 서비스가 제공되는 태도, 가정집 수리를 하러 들쑥날쑥 '출장 중' 안내문구가 붙어 있는 것도 그렇고, 90년대 분위기가 그대로 보존돼 있다. 그래서인지, 요즘의 가게들과는 다른 매력이 있다. 깔끔하게 정돈되어 군더더기를 허용하지 않는 요즘의 디자인 경영과는 다르다. 가게 어르신과의 대화도 인간미가 넘친다.

"빠루 있어요?"
"잠깐만~ 그거 어디다 뒀지?"

"(붓을 가리키며) 페인트 칠할 건데, 이거 주세요."
"(다른 붓과 롤러를 가리키며) 그걸로 안될 텐데, 이게 더 나아."

대화 속에는 철물 인생을 걸어온 복잡다단한 노하우와 고객에게 더 나은 솔루션을 제공하려는 무심한 듯한 마음 씀씀이가 느껴진다. '짬에서 나오는 바이브'는 바로 이런 걸 두고 하는 말이 아닐까.

철물점은 과거의 방식과 향취에 머물러 그 자리를 고스란히

지켰다. 오히려 과거 그 시점을 그대로 살다 보니, 역설적으로 시간을 초월한 느낌이다. 망리단길 철물점 〈천양사〉를 보며 느끼는 이 독특한 매력이 바로 시간을 넘어선 과거의 진심 아닐까.

한동안 트렌드 분석가들과 기자들은 '레트로 열풍', '복고가 뜬다'와 같은 말을 쏟아냈다. 맞는 말이지만, 반만 맞는 말이다. 과연 '과거'라서 뜨는 것일까. 이런 분석이 대량 생산되고 나니, 기업은 '과거 찾기'에 혈안이 된 적도 있었다. 뜬금없이 상관없는 과거를 들고 나와 새로운 핫 스팟을 만들고자 노력하는 곳들도 생겼다. 아무 상관 없이 레트로한 디자인을 선보이는 곳들까지, '힙스터' 디자인의 조건 중 하나를 '복고'로 들고 나온 것이다. 하지만, '힙'한 것은 무엇일까. '옛 것'이어서 힙했던 것이 아니라, 어린 세대들은 생전 처음 보는 것이기 때문에 '힙'했던 것은 아닐까. '힙(Hip)'의 역사를 찾다가 '가장 최신의 것'이라는 의미를 발견했다. 힙하다는 건, 옛날 것을 가져오는 그 행위가 아니라, 새로운 것을 가져오는 모든 행위를 말한다. 사람들이 알지 못하는 '과거'는 언제나 '새로운 것'일 테니까.

《진정성의 힘(Authenticity)》을 쓴 조지프 파인과 제임스 H. 길

모어는 '오래된 것처럼' 보이면, 독창성을 살릴 수 있다고 전한다. 그들은 "어떤 새로운 요소가 오래된 것처럼 보일 수 있는지?" 질문하라고 한다. 오래된 것처럼 연출하는 방식은 크게 두 가지로 구분된다. '과거를 그대로 가져오는 것'과 '과거를 복제하는 것'. '과거를 그대로 가져오는 것'은 '레트로(Retro)'이고, '과거를 복제하는 것'은 '레프로(Repro, Reproduction)'라 부른다.

레프로(Repro) 디자인 : 〈세광 양대창〉은 오래된 분위기로 인기를 끌어왔다. 처음 이곳을 볼 때 오래된 노포인 줄 알고, '오래되었다면 실력이 있을 것'이라는 생각이 들었다. 물론 맛도 좋고 분위기도 좋았다. 하지만, 이곳은 오래된 곳이 아니라, 오래된 곳처럼 '연출(Rendering)'된 곳이었다. 건물을 리모델링할 때부터 매우 충실한 복고 분위기를 연출했다. 현대의 각박한 라이프스타일에 '과거'라는 시간대를 보란 듯이 집어넣었다. 입간판, 벽면의 계량기, 벤치, 안내문의 글씨체 등 모든 세부적인 요소들이 '복고의 복제물'로서 기획되었다. 이곳은 실제로 오래된 다른 가게들보다 더 '오래돼 보이는' 곳으로 사람들의 감성을 건드리고 '추억'을 판매한다.

2019년 오픈한 〈세광 양대창〉은 〈동아냉면〉보다도 오래된 가게처럼 보인다.
오른쪽은 30년이 넘은 〈동아냉면〉(2021년 홍대점 사진). 동아냉면의 인테리어를 보면
30년이나 된 오래된 가게인지 알기 어렵다.

〈세광 양대창〉. 입간판과 벤치는 일부러 낡게 만들었으며,
실제로 아무런 기능이 없는 계량기를 벽면에 부착해 오래된 건물의 느낌을 더했다.
'오래된 느낌'을 매우 진정성 있게 구현한 사례다.

레트로(Retro) 디자인 : 없던 과거를 만들어내는 것보다 더 진정성 있는 방식은 있었던 과거를 그대로 가져오는 것이다. 인간의 가장 이상적인 체형과 퍼포먼스를 보여줬던 농구 황제 '마이클 조던'은 나이키의 대표적인 아이콘이었다. 어느 순간 조던 브랜드가 사라졌다가 다시 화려하게 재해석되어 등장했다. '조던' 매장은 조던이 과거의 운동선수 중 한 명이 아니라, 시대를 넘어 여전히 건재한 문화적 아이콘이라는 점을 증명한다. 매장 사이니지(Signage, 정보 표시 기호)로 활용되는 마이클 조던의 덩크슛 심볼은 그의 경기를 기억하는 많은 팬들의 가슴을 다시금 꿈틀거리게 한다. '조던' 매장은 마이클 조던에 대한 추억과 스타일을 그대로 살려 현대적으로 재해석한 매장으로 레트로 디자인이다.

〈미스터 빈〉은 1990년부터 5년간 방영되어 전 세계적 사랑을 받은 영국의 시트콤이다. 로완 앳킨슨의 탁월한 4차원 연기가 압권이었다. 시트콤이 끝나고 2002년부터 미스터 빈 애니메이션이 방영됐다. 잘 이해가 되진 않지만, 최근 이 만화는 유튜브를 통해 미취학 아동들에게 다시 인기를 끌고 있다. 과거에 사랑받던 콘텐츠가 형태를 바꾸어 그대로 재현된 레트로 사례라 할 수 있다.

애니메이션으로 부활한 〈미스터 빈〉, 나이키의 새로운 플랫폼 〈조던〉 매장

'레트로'건 '레프로'건 과거에 대한 향수는 종종 활용되는 단골 아이템이다. '과거'는 겪어보지 않은 세대에게 생소하고 새로운 무엇이다. 그래서 더 멋져 보이고, 쉽게 겪어보지 않았던 희소성을 지니고 있을지 모른다. 하지만, 어떤 관점에서 모든 과거로의 지향은 퇴행의 징조가 아닐까. "그때가 좋았지~"하는 생각은 지금 이 순간 채워지지 않는 무언가가 있다는 반증이다. 지금 우리 삶이 팍팍할수록, 더더욱 과거를 찾는 것일 수 있다. 오늘도 과거를 찾아 헤매는 당신– 명랑하게, 건투를 빈다!

과거로 행진!

합정동 냉동삼겹살집, 〈행진〉. 이곳 주인분뿐 아니라, 일을 도와주시는 분들도 모두 나를 알아볼 정도로, 몇 안 되는 단골집이다. 입구부터 레트로한 분위기가 물씬 풍긴다. 이곳에 가면 90년대 K-팝이 흘러나온다. 삼겹살은 고추장 베이스로 맛을 더할 수 있게 돼 있고, 파절이 또한 먹음직스럽다. 건물 외부에는 대중목욕탕에서나 쓸 법한 락커가 있다. 자리를 잡으면 락커 열쇠를 주는데, 옷과 가방을 편히 보관하고 술자리에 집중할 수 있다.

이런 곳에 함께 갈 수 있는 사람은 누굴까. 삭막한 관계라면 사람 냄새 나는 이런 곳에 같이 오기 어려울 것이다. 다음번 약속이 생긴다면, 사람들과의 멋진 미래를 이야기하기 위해, 이 과거의 풍경으로 또다시 행진할 것이다.

이병헌 목소리로 방송하는 세상

스푼라디오는 라디오 방송 플랫폼이다. 누구나 DJ가 되어 방송을 개설할 수 있고, 팬덤을 형성해 돈을 벌 수도 있는 플랫폼이다. 엔지니어들이 모여, 라이브 방송을 보다 재밌게 만들기 위한 장치를 만들어가고 있다. 몇해 전 스푼라디오를 리브랜딩하면서 이런 생각이 들었다.

'사진에도 필터가 있는데, 목소리에 필터를 씌우면 어떨까?'

음성변조라는 기술을 우리는 잘 알고 있다. 험악한 목소리로 변조하는 것 말고, 내가 이병헌의 목소리로 방송을 하고 싶으면, '이병헌 필터'를 씌워 방송하는 거다. 아이유의 목소리로 필터를 씌울 수도 있지 않을까? 시간이 걸리겠지만, 기술적으로 불가능한 일은 아닐 것이다. 앞으로는 목소리까지, 내가 되고 싶은 새로운 모습으로 바꿀 수 있는 시대가 열릴지도 모른다. 그나저나 이병헌 필터가 출시된다면 정말 많은 사람들이 사용해볼 것 같다.

밤의 정신 : 밤새 출력

고려대학교 후문 앞 '밤새출력'이라는 간판이 눈에 들어왔다.
학교에서 밤을 지새우는 연구자들을 위해, 함께 날을 새며 페
이퍼 출력을 도와주겠다는 파트너 정신이 드러나는 간판이다.

밤새 리포트를 쓰는 학생들도 이곳에서 언제든 출력을 할 수가 있다. 밤새 출력이 가능하다는 약속은 '초고속 인쇄기 33대'라는 태그라인을 통해 신빙성이 강화된다. 33대나 되는 초고속 인쇄기를 보유하고 있어 몇 대의 기계가 고장 난다 해도, '당신의 출력 전선은 이상 무!'라는 안도의 메시지까지 읽을 수 있다. 게다가 이 33대의 초고속 인쇄기는 '압도적 생산능력'을 지니고 있다. 무지막지한 생산능력을 통해, 적어도 출력을 못 해 페이퍼를 제출하지 못할 일은 없다는 것을 알려준다. 간판만 읽어도 매우 든든한 마음이 든다. 황혼이 깃들어야 날개를 펴는 미네르바의 올빼미처럼, 자기 실존의 목표를 달성하고자 밤을 지새우는 사람들을 응원하고 도와주는 행정 파트너다.

이 행정 파트너를 보면서 든든한 생각도 들었지만, 뭔가 측은한 생각도 들었다. 밤새 '압도적인 생산능력'을 보여야만 하는 노동자의 삶이 오버랩되었다. 삶에 여유가 있는 자들은, 밤새 압도적인 생산능력을 보일 필요가 없다. 자발적으로 그런 삶을 선택할 수도 있지만, 누군가를 위해 그런 삶을 살 필요는 없는 것이다. 하지만 자기 삶을 주도하지 못하는 누군가는 언제나 자신이 아니라, 남들을 위해 압도적인 생산능력을 장착하게 된다.

대부분의 크리에이터 직군에는 야행성이 많다. 동료 디자이너들 역시 야행성이 많다. 밤늦게까지 일하기를 반복한다. 내게도 '밤'은 너무나 친숙한 존재다. 새로운 생각을 정리할 때도 대부분 밤이었고, 누구에게도 방해받지 않는 시간도 밤이었다. 채용을 위해 사람들을 하나하나 찬찬히 살펴보는 것도 밤이다. 하루를 반성하는 시간도 밤이고, 다음 날을 기획하는 것도 밤이다. 다음 날 프레젠테이션을 성공적으로 마칠 모습을 상상하는 것도 언제나 밤이었다. 밤에 노동을 하지 않도록 노동을 효율화시키려는 고민도 밤에 한다. 일상을 버티기 위해 해야만 했던 낮 시간의 일을 뒤로 하고, 진짜 내가 하고 싶은 공부를 할 수 있는 시간도 밤이다. 중요한 건, 내 모든 밤의 정신은 능동태라는 점이다. 이 능동형 밤의 정신은 내가 진짜 나답게 살아갈 수 있도록, 의미를 허락해준다.

능동성을 결여한 '밤의 정신'은 '노동시간 단축'이라는 지금의 시대정신과 완벽히 대척점에 서 있는 듯하다. 회사에서의 노동시간 단축은 인류의 행복한 미래를 위해 지속돼야 할 이슈일지 모른다. 문제는 노동시간 단축만큼 우리가 원하는 욕망의 크기가 단축되지 않는다는 점이다. 내 일의 부가가치를 증대시키지 않고선 소득을 높일 수 없는데, 노동시간을 줄이면서 부가가치를 창출하기 어려울 때 문제가 발생한다. 노동시간의 증가 없이 부가가치를 높일 방법을 찾아야 한다. 일의 빈칸을 찾아 새로운 노동의 방식을 마련해야 한다.

최근 몇몇 자기계발서 표지 디자인을 보고 있자면, 늦은 시간까지 열심히 일하라는 밤의 명령에 모두들 신물이 난 듯하다. 표지 등장인물들은 대부분 그저 누워만 있다. 쉬엄쉬엄 살자, 너만의 속도로 살아도 된다, 힘들면 내려놔라… 등과 같은 메시지를 읽을 수 있다. 무조건 열심히 달려온 이 시대 노동자들의 지친 삶을 그린 것처럼 보인다. 그러한 획일적인 노동생활에서 벗어나 자기다운 무언가를 찾으라는 메시지, 지금의 노동방식이 아닌 대안으로서의 삶을 추구하는 메시지가 엿보인다. 하지만…

아직 난 이런 표지 디자인을 받아들일 준비가 안 된 것 같다. 일을 사랑하고, 일과 삶을 분리하지 않는 나는, 목표를 위해 필요하다면, 밤에도 쉬지 않는다. 그런 생활에 큰 불만이 없다. 제목도, 세부 주제도, 결론도 다른 자기계발서들의 표지에는 마치 한 사람이 작업한 듯 일관되게 '누워 있는 사람'이 그려져 있었다. 삶을 대하는 태도가 지나치게 획일화돼 있는 건 아닌가 하는 우려도 든다.

중요한 것은 노동의 방식과 노동의 질 아닐까. 요즘의 우리는 노동 그 자체를 싫어하는 게 아니라, 일방적으로 시키는 일만 해야 하는 노동 방식을 거부하는 것일지도 모른단 생각이 들었다. 선배들이 정한 방식으로만 일을 해야 하고, 노동의 품질을 내가 결정짓지 못하는 시스템에 거부반응을 보이는 게 아닐까. 어쩌면, 우리는 '누워 있는 삶'을 지향하는 게 아니라, 자기주도적인 '나다운 삶'을 찾고 있는 게 아닐까.

※ 사실 지금 적고 있는 글도, 누가 시켜서 쓰는 거면 싫었을 거다.

부티크 학교, 오프컬리

마켓컬리의 첫 오프라인 팝업 '오프컬리'의 비즈니스 컨셉을 기획했다. 당연히 음식, 편집샵, 뷰티 등의 컨셉을 생각할 테지만, 이곳의 컨셉은 '학교(School)'다. 인문학과 식음과 예술의 균형을 추구한다. 시즌별로 테마가 바뀌며 특정 주제를 중심으로 VMD와 식음, 굿즈가 바뀌는 컨셉이다. 학교이기 때문에 원래는 학교장을 두려고 했다. 그대신 주제별 '도슨트'가 소수의 초대된 VIP에게 고급 체험형 강의를 들려준다. 마켓컬리에서 파는 신선식품을 재료로 만들어진 깊은 퀄리티의 음식도 먹을 수 있다.

첫 테마는 '올리브 오일'이었다. 도슨트의 설명을 들으며 맛을 보니, 올리브 오일의 세계가 이렇게 넓은지 처음 알게 됐다. 올리브 오일에서 지중해라는 매력적인 세계를 경험했다. 테크닉과 트렌디함만을 주로 추구하는 요즘, 세계와 사물에 대한 감도를 깊게 더하는 다양한 부티크 '학교'가 만들어지면 좋겠다.

언어 번역기와 니체

프리드리히 빌헬름 니체(Friedrich Wilhelm Nietzsche). 쓸 때마다 스펠링이 어렵다고 생각한다. 스펠링이 어렵지만, 이름부터 뭔가 다른 철학자의 포스를 지닌다.

한 번도 공부한 적 없는 언어는, 전적으로 '번역기'에 의존한다. 구글 번역, 파파고 같은 서비스를 종종 이용하는데, 꽤나 유용하다. 인공지능의 '머신러닝'이 고도화되고 있어 번역의 질도 한껏 높아졌다. 근미래에 번역의 오류가 거의 없어진다고 한다면 사람들은 차원이 다른 번역을 원할 것 같다. 단지 기능적으로 의미만 직역해내는 번역보다, 아름다운 문채(文彩, Figure)로 전달하기를 원하지는 않을까? 가령 철학자 니체를 좋아하는 나는 독일어를 번역할 때 니체의 문채를 닮은 번역문을 얻고 싶다. 상대방이 하이데거를 좋아하면, 하이데거의 어투로 번역해주는 서비스. 공자보다 맹자를 좋아한다면, 그 중국인에게는 맹자의 수사(Rhetoric)로 번역해주는 번역앱. 충분히 가능한 이야기다. 앞으로는 많은 문헌학자와 수사학자, 언어학자, 역사학자가 번역서비스에 종사하게 될지도 모르겠다.

브랜드 컬러와 시대정신

'브랜딩'을 가장 쉽게 설명하자면, 어떤 컨셉을 특정한 이름에 연결 짓는 작업이라 할 수 있다.

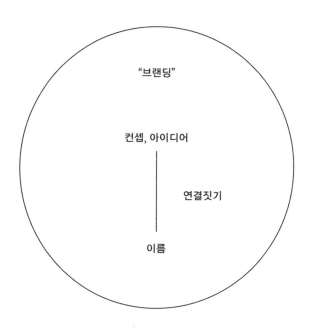

'볼보'는 다양한 실험과 광고를 통해 '안전'의 이미지를 증명해왔다. (오른쪽 하단) 코로나가
터지자 '지금 가장 안전한 장소는 볼보 안이 아닙니다'라는 센스 있는 메시지를 내보냈다.
코로나 시국이니, 차 타고 돌아다니지 말고 집에 있으라는 말이었다.
볼보는 안전한 자동차라는 이미지가 형성돼 있었기 때문에 가능한 광고였다.

예를 들어 '세상에서 가장 안전한 자동차'라는 컨셉을 '볼보
(Volvo)'라는 이름에 연결 짓는 작업이 브랜딩이다. '가장 혁
신적인 스마트폰'이라는 컨셉을 '아이폰'에 연결 짓는 작업,
그래서 더 많은 사람들이 그 이름만 보면 바로 그 컨셉을 떠
올릴 수 있게 일관된 커뮤니케이션을 하는 것. 브랜딩의 핵심

활동 중 하나다.

컨셉을 이름에 보다 효과적으로 연결 짓고자 한다면, 컨셉을 떠올릴 만한 실질적인 활동을 해야 한다. 가령 '볼보'는 '가장 안전한 자동차'라는 것을 믿을 수 있도록 세계 최초로 3점식 안전벨트를 발명했다. 수많은 광고 이미지도 볼보가 가장 안전하고 튼튼한 자동차라는 점을 연상시킨다. 수많은 충돌실험에서 '최고 안전등급'을 싹쓸이한 기록이라든지, 실제로 차를 겹쳐 탑을 쌓아도 찌그러지지 않는 차량의 이미지를 볼 때면, '볼보'는 '세상에서 가장 안전한 자동차'라는 컨셉과 가장 잘 어울리는 이름이라는 생각이 든다.

한때 컨셉 변경에 성공한 'BP'라는 회사가 있다. 'BP'는 '영국 정유회사(British Petroleum)'라는 의미의 회사였으나, '친환경 이미지'를 만들고자 '석유를 넘어(Beyond Petroleum)'라는 의미로 컨셉을 변경했다. 이 컨셉과 'BP'라는 이름을 연결 짓기 위해 여러 수단이 동원되었는데, 그중 하나가 바로 브랜드 심볼 디자인이었다. 심볼은 태양의 신 헬리오스를 상징하는 태양의 이미지로 디자인되었고, 친환경적인 이미지를 강조하고자 녹색을 두드러지게 활용했다. 녹색은 '친환경'이라는 시대 정신을 'BP'에 연결 짓는 데 결정적인 도움을 준, 강력한 컬러 아이덴티티 요소다.

거리에는 수많은 브랜드가 노출돼 있다. 브랜드의 수만큼 수많은 컬러가 눈에 들어온다. 배달을 하는 라이더의 컬러를 보자. '배달의 민족'은 '민트색'이다. '부릉'은 '녹색', '생각대로'는 '빨간색'이다. '바로고'는 '파란색'이었다. 저마다 제각각인 컬러를 보며, 사람들은 어떤 생각을 하게 될까? 과연 어떤 메시지를 전달할 수 있는 컬러들인가? 아니면, 그저 기업의 취향에 따라 결정된 컬러일까?

'바로고'를 리브랜딩하면서, 브랜드의 컬러도 재검토했다. 먼저 컬러 전략을 수립하기 위해, 컬러를 통해 무엇을 달성해야할지 목표를 정했다.

1. 라이더의 안전을 위해 경쟁사 대비 주야간 식별력을 높일 것.
2. 라이더가 자주 입는 검정색 복장과 조합 시 주목도를 높일 것.
3. 야간 활동 시 시인성을 높여 라이더의 안전을 도울 것.

이 세 가지 목표를 달성해, '라이더의 안전과 성공'을 위해 비즈니스를 이끌고 있는 바로고의 진정성을 드러내고자 했다. 색상에 대한 다양한 실험 결과를 참고했다. 한 논문에서는 빨강, 노랑 계열의 '난색' 형태가 파란색 계열의 '한색' 형태보다, 응시 시간 및 횟수에 있어 높은 평균값을 보였다.[*] 또 다른 연구에서는 '형광 주황색 바탕'의 안내표지가 '황색 바탕'의 안내표지보다 15미터 전방에서, '백색 바탕'의 안내 표지보다는 25미터 전방에서 쉽게 인지되었음을 알 수 있었다.[**]

기존까지 구축해온 '파랑' 아이덴티티를 버리는 것은 쉽지 않은 결정이었다. 하지만 라이더의 생명을 가장 중시하는 철학을 위해서라면 기존의 컬러 아이덴티티를 버려야 했다. 파란색은 단파장의 색으로 타 색상 대비 시인성과 주목성이 부족해, 브랜드의 존재감을 부각시키기 어려운 컬러였다. 결국 무엇보다 라이더의 안전을 보장하기 힘든 파란색을 버려야 했

---

[*] 황미경 외, 〈색상과 형태에 따른 시각적 주의에 관한 연구〉, 한국콘텐츠학회, 2019.

[**] 고상근 외, 〈공사구간 형광주황색 교통 안전 표지 적용에 따른 주목성 효과 연구〉, 대한토목학회논문집, 2012.

다. 우리는 파란색을 '오렌지색'으로 변경했다. 그리고 이 컬러를 '생명'을 지키자는 의미에서 '바이탈 오렌지(Vital Orange)'라 부르기로 했다.

조직 내외부에 '생명력'과 '활력'을 동시에 의미하는 '생/활/력'이라는 컨셉을 만들었는데, 이는 우리가 바로고를 통해 달성해야 하는 공동체의 시대정신이라 생각했다. 내부 조직원, 라이더, 외부 고객, 투자자 모두 '생/활/력'을 키울 수 있도록 진정성 있는 기업 활동을 전개하는 것, 이것이 '바로고'의 새로운 목표가 될 것이며, 오렌지 컬러는 바로 그러한 모든 목표를 지원하는 든든한 자산이 될 것이다.

파란색의 심볼은 오렌지 컬러의 펄럭이는 깃발 심볼로 교체되었다.

바로고는 '신뢰'를 상징하는 파란색을 버리고, '라이더의 생명'을 상징하는 오렌지를 선택함으로써 단순 '거래' 그 이상의 존재 이유를 획득했다. 이렇게 컬러 하나만으로도, 시대에 필요한 메시지를 전달할 수 있다. 바로고는 이 컬러 변경을 계기로 '배달대행' 브랜드에서 라이더의 생명을 지키고자 노력하는 '의로운' 존재로 더욱 진화할 것이다.

바로고의 리브랜딩은 새로운 정체성의 선언이다. 이는 고객과의 새로운 약속을 공개적으로 발표한 것과 같다. 약속을 공개하는 건 매우 중요하다. 적어도 고객에게 배신감을 주지 않기 위해서 공개된 약속을 열심히 실천할 테니까. 약속을 제대로 실천하는지 지켜보는 수많은 눈이 도처에 존재한다. 공동체의 '보이지 않는 눈'은 많은 기업에게 시대정신을 종용한다. 시대의 정신, 보이지 않는 눈이 무서워서라도 기업은 내뱉은 말을 지키는 편이 낫다. 그것이 기업의 수익률을 높이는 데에도 도움이 될 것이다.

바이탈 오렌지 컬러로 변경된 바로고는 보다 젊고 활기찬 브랜드가 되고 있다. 리브랜딩 이후, 바로고는 진정성 있는 경영으로 '유니콘(1조)' 기업에 한 발 더 다가서는 중이다.

※ 럼표 우리러가 풍정하 뭄롬비 배달앤히거, 갸겨 롱융했쟈 러긔깨 밈아엄러 큰큼.

샤넬과 자개장

황세진, 〈The Birth of Delusion2〉, 비트리 갤러리

한 호텔 갤러리에 시선을 사로잡는 그림이 있었다. 〈The Birth of Delusion2(망상의 탄생2)〉라는, 보티첼리의 대표작

〈비너스의 탄생〉을 패러디한 작품이다.

서쪽에서 부는 바람(제피로스)의 입김에 밀려 해안가에 도착한 비너스의 모습이 웬 한복을 입은 여성으로 바뀌어 있다. 이 여성은 화려한 팔각상을 양손에 든 채 멍한 표정으로 정면을 응시하고 있다. 팔각상 위에는 샤넬을 비롯한 온갖 명품들이 즐비하다. 보티첼리의 작품에서 비너스가 보인 독특한 자세의 육체미는 값비싼 럭셔리 브랜드 제품으로 대체되었다.

원작에서 조개껍질을 타고 등장한 비너스와 달리, 이 여성은 화려한 자개장을 타고 등장했다. 자개장은 화려한 고급문양과 하이힐, 자동차, 핸드백으로 뒤덮여 있다. 온갖 명품으로 둘러싸여 있지만, 이 여성의 눈엔 눈동자가 없다. 눈동자가 없으니 세상을 바라볼 초점이라는 게 있을 리 없고, 자기만의 관점을 잡을 수 없는 몽롱한 상태에 놓여 있다. 작가가 의도한 메시지일 것이다. 흥미로운 메시지와 작품이지만, 내가 주목한 건 그림의 메시지가 아니라, 여성이 타고 있는 저 '자개장'이었다.

조선의 여성들이 자신과 가문을 드러낼 때 '과시'를 위한 아이템으로 활용됐던 자개장. 이 자개장은 아파트가 생기고, 공간의 합리적 활용과 수납 기능에 충실한 장롱 문화가 안착되면서 점차 보이지 않았다. 가구가 포함된 빌트인 아파트가 등장하면서 장롱을 고민하는 사람들도 줄어들었다. 하지만, 자개장이 사라졌다고 자개장에 담긴 여성들의 욕망 또한 사라지는 건 아니다. 욕망은 소멸되는 것이 아니라, 형태를 달리할 뿐이다. 한때 장식 냉장고가 유행이었던 것도, 자개장을 통해 드러내려 했던 미학적 욕망 때문 아니었을까. 또한 이러한 욕망은 구두, 핸드백, 헤드셋, 자동차, 헤어스타일, 옷 등으로 본인을 꾸미고자 하는 욕망으로 확장되는 건 아닐까. 욕망의 정확한 이동 경로를 알 순 없다. 하지만, 욕망이 쉽사리 사라지진 않을 거라 확신한다.

보이지 않는다고 사라진 것이 아니다. 욕망은 언제나 여러 형태로 그 존재를 드러낸다. 다양한 욕망이 공존하는 이 시대, 그 욕망의 균형점을 찾기 위해선 욕망이 드러나는 수많은 형태를 살펴볼 필요가 있다.

발렌시아가 어택

출처 : 발렌시아가 홈페이지

스피드 러너, 어글리 슈즈, 2백만 원이 넘는 누더기 신발과 쓰레기 봉투 가방 등 숱한 화제를 일으켜온 발렌시아가가 최근 제대로 사고를 쳤다. 2022년 말 공개한 기프트 캠페인이 문제였다. 수많은 셀럽이 참여해 화제를 불러일으켰으나, 어린 아이가 모델로 선 이 캠페인에 아동 학대를 연상시키는 소품이 등장한 것이 그 원인. 수많은 스탭과 기획 회의를 거쳐 만든 연출이었을 텐데, 왜 이런 아이템이 등장했으며, 왜 단 한

명도 모니터링을 해서 막지 않았는지 잘 이해가 되지 않았다. 브랜드가 공동체와 함께 살아갈 철학을 꾸준히 정비하지 않을 때 이런 불상사가 발생한다. 크리에이티브를 기획할 때, 멋진 북앤필과 차별화만 중요한 게 아니다. 나의 표현으로 누군가가 소외되지는 않는지 되짚어 생각해야 한다. 좋아하던 브랜드가 이런 실수를 하니 마음이 아프다. 깊은 반성과 철학의 재정비로 더욱 성숙한 모습을 보여주길 기대해본다.

빈칸을 남기며

《어린 왕자》는 전 세계적으로 번역되어, 지금까지 2억 부 이상이 판매됐다고 한다. 그래서 여러분은 이 그림을 적어도 한 번 이상은 봤을 것이다. 어른들은 왼쪽 그림의 실루엣을 보며 "모자"라고 답했다. 하지만, 소설 속 어린 비행사는 '코끼리를 삼킨 보아뱀'을 상상했다.

어느 날 생텍쥐페리는 거의 모든 사람들이 이 그림을 보고, "이거, 코끼리를 삼킨 보아뱀이잖아."라고 말하는 걸 보며 굉장히 슬펐다고 한다. 보아뱀은 그저 상상을 열어갈 빈칸을 가리키는 손가락일 뿐인데, 사람들은 그 손가락만 이야기하니까. 소설 속에서 "모자"라고 답하는 어른들과 크게 다르지 않은 획일적 태도였으니, 그가 슬퍼한 이유는 충분히 짐작하고도 남는다. 당신이라면, 저 실루엣의 빈칸을 무엇으로 채울 생각인가?

우리는 세상을 이해하고 생존해가기 위해 언제나 세상의 '빈칸'을 채워왔다. 빈칸을 채우지 않고서는 한 발도 나아갈 수 없었으니까. 과학적 이성이 생기기 전에는 번개나 천둥이 두려워 제사를 지내기도 하고, 그 두려움을 극복하고 받아들이기 위해 번개나 천둥의 신을 상상해냈다. 이해되지 않는 대상에 의미를 채워가는 신화적 작업에 착수했다. 시간이 지나 신화는 과학으로 대체된다. 삶의 다양한 영역에 의미가 채워지면서 세상은 그렇게 이해할 수 있는 대상이 되었다. 그렇게 우리는 의미를 바탕으로 각자의 역할을 만들어 생(生)을 이어간다. '의미'는 인간이 생존하기 위해 해석하고 만들어야 할 대상이다.

우리는 의미를 사유의 대상으로 삼지만, 의미는 무한한 우주가 되어 우리를 둘러싼다. 의미의 세계에서는 우리도 의미가 된다. 우리 스스로가 여러 의미가 오가는 의미의 환승역이자, 의미의 우주다. 모든 우주는 존중받아야 한다. 저마다의 존재 이유와 삶의 방식이 있으니까. 모두가 더불어 존재할 수 있을 때 세상은 찬란한 의미의 놀이로 빛날 것이다.

우리에겐 의미의 다양성과 깊이가 필요하다. 더 많은 상상의 여지가 필요하다. 그래서 의미의 빈칸이 필요하다. 우리가 생각하는 것 그 이상으로. 타인의 생각, 상상, 경험을 존중하는 관용과, 스스로 다른 생각을 해볼 수 있는 대담함이 필요하다.

다른 가치를 인정하고 서로의 빈틈을 채울 줄 아는 자들을 위하여-!
상대의 상상을 위해 내 빈틈을 내어줄 수 있는 자들에게 축복을!

일상을 꽉 채워진 단단한 의미체계로 보지 말자. 새로운 시선과 관점에서 새로운 의미를 발견할 수 있는 빈칸으로 바라보자. 나는 이 책을 통해 일상의 빈칸을 채우는 몇 가지 이야기들을 보여줬을 뿐이다. 각자의 방식으로 새롭게 채워보자. '코끼리를 집어삼킨 보아뱀'이라고 대답하며, 또다시 생텍쥐페리를 슬프게 하고 싶은 사람은 없을 것이다.

생(生)의 외부엔 구원이 없다.

우리의 일상은 누군가의 이상이다.

[출처]

p.60 출처 : 뉴시스

p.100 Andy Warhol, 〈Campbell's Soup Cans〉, 1962, Acrylic with metallic enamel paint on canvas, 32 panels : Each canvas 50.8 x 40.6cm
ⓒ 2023 The Andy Warhol Foundation for the Visual Arts, Inc. / Licensed by Artists Rights Society (ARS), New York – SACK, Seoul

p.101 Edward Hopper, 〈Hotel By A Railroad〉, 1952, Oil on canvas, 101.98 x 79.37cm
ⓒ 2023 Heirs of Josephine Hopper / Licensed by ARS, NY – SACK, Seoul

p.146 ROZY(로지) 싱글 앨범 〈바다 가자〉 ⓒlocus-x

p.153 https://www.antigal.com/

p.156 https://www.flickr.com/photos/jlai321/3123175118 ⓒjlai321

p.186 Getty Images

p.190 황세진, 〈The Birth of Delusion2〉, 2018, Acrylic on Canvas with Fabric, 162 x 130cm
출처: 비트리갤러리

p.193 https://www.balenciaga.com/

그리고 최장순의 핸드폰

일상의 빈칸

초판 발행 · 2023년 5월 31일
2쇄 발행 · 2023년 6월 30일

지은이 · 최장순
발행인 · 이종원
발행처 · (주)도서출판 길벗
브랜드 · 더퀘스트
출판사 등록일 · 1990년 12월 24일
주소 · 서울시 마포구 월드컵로 10길 56(서교동)
대표전화 · 02)332-0931 | 팩스 · 02)323-0586
홈페이지 · www.gilbut.co.kr | 이메일 · gilbut@gilbut.co.kr
대량구매 및 납품 문의 · 02)330-9708

기획 및 책임편집 · 송혜선(sand43@gilbut.co.kr) | 제작 · 이준호, 손일순, 이진혁,
김우식 | 마케팅 · 한준희, 김선영, 류효정, 이지현 | 영업관리 · 김명자, 심선숙
독자지원 · 윤정아, 최희창

디자인 · 이정헌
일러스트 · 타바코북스 기탁 (밴드, 참솜(chamsom) [봉- pt. 1] 글렀어 앨범아트)
CTP 출력 및 인쇄 · 정민 | 제본 · 정민

ISBN 979-11-407-0443-9 (03810) (길벗 도서번호 040155)
정가 17,800원